시대의 변화를 읽고 능동적으로 변화하고 싶어하는
모든 이들에게 이 책을 드립니다.

_____ 님께

_____ 드림

1등을 넘어서 초일류로

이채윤 지음

도서출판 청어람

1등을 넘어서 초일류로

초판 1쇄 찍은 날 § 2007년 5월 28일
초판 1쇄 펴낸 날 § 2007년 6월 04일

지은이　　　　이채윤
펴낸이　　　　서경석
편집장　　　　오태철
편집 및 디자인　정은경

펴낸곳　　　도서출판 청어람
등록일자　　1999. 5. 31
주소　　　　경기도 부천시 원미구 심곡1동 350-1 남성B/D 3F
전화　　　　032-656-4452 팩스 § 032-656-4453
홈페이지　　http://www.chungeoram.com
E-mail　　　eoram99@chollian.net

ⓒ 이채윤, 2007

ISBN 978-89-251-0639-7 03810

1등을 넘어서 초일류로

Superior first class

SAMSUNG

Superior First class

도서출판 청람

새로운 화두, 창조경영

| 국내 1등을 넘어서서 초일류 기업으로

삼성은 2000년대 들어서 국내 1등을 넘어서 초일류 기업의 반열에 올라서며 세계경영의 시대를 맞이했다. 1990년대 중반까지 세계 일등 제품이 단 한 개도 없던 삼성은 D램 반도체, 낸드플래시메모리, LCD, PDP, CDMA 방식 휴대폰 등 세계시장 점유율 1위 제품을 십여 개로 늘리면서 세계 초일류 기업을 능가하는 실적을 올리기 시작했다.

2004년 삼성은 그룹 전체 매출 135조 3천억 원, 세전이익 19조 원으로 사상 최대의 실적을 올리며 세계 초일류 기업의 면모를 과시했다. 2004년 삼성이 기록한 사업 실적은 세계 최고의 기업으로 자타가 공인

하는 인텔, 도요타, 마이크로소프트, 노키아, 소니를 능가하거나 이에 버금가는 실적이다. 특히 수익 면에서 탁월한 성과를 나타내어 세계에서 9번째로 수익 '100억 달러 그룹'에 속하게 되었다.

삼성은 세계 브랜드 파워에서 2003년 25위, 2004년 21위에 이어 2005년 20위라는 소니, 나이키, 펩시콜라, 폭스바겐, 캐논, JP모건, 메릴린치 등 기라성 같은 세계기업들을 앞지르는 쾌거를 이뤄 세계에서 가장 빠르게 성장하는 기업이 되었다.

2005년 3월, 미국의 경제전문주간지 〈포춘〉은 세계에서 가장 존경받는 기업 중 삼성전자를 39위로 선정했는데, 이는 한국 기업으로서 처음으로 글로벌 100대 기업에 들어선 쾌거이기도 하다.

삼성이 이렇게 세계적인 기업으로 비약적인 발전을 거둔 것은 외환위기 이후, 2000대에 들어서서의 일이다. 삼성은 1997년 한국경제가 IMF라는 외환위기의 격랑을 만나 휘청거리고 있을 때, 그 격랑에서 가장 먼저 탈출하여 날개를 펴고 비상하기 시작했다. 그것은 1993년의 신경영 선언으로 내부적인 개혁을 어느 정도 이룩한 바탕 위에서 외환위기에 대응하는 강력한 구조조정이 이루어졌기에 가능한 성과였다.

삼성의 매출은 이건희 회장 취임 후인 1987년 13조 5천억 원에서 2004년 135조 3천억 원으로 10배, 세전이익은 1,900억 원에서 19조 3,000억 원으로 100배, 증시 시가총액은 1조 원에서 100조 원으로 100배가 늘었다. 삼성이 증시에서 차지하는 비중도 6.3%에서 28.1%로 커져서 한국 증시는 삼성그룹의 경영성과에 달려 있다고 해도 과언이 아니게 되었다. 삼성은 국가경제의 20%가 넘는 경제규모를 가지고 국민경제에 지대한 역할을 담당하고 있다. 삼성의 매출액은 국가총생산/국민총생산의 17%, 주식시장 시가총액의 23%, 국가수출액의 21.4%, 세수의 8%를 차지하고 있다.

삼성의 이러한 실적은 경제분야에만 영향을 미치는 것이 아니라 정치, 사회, 문화 등 각 분야에서 커다란 반향을 일으켰다.

그러나 최근 들어서 이 회장은 또다시 위기를 강조하고 나섰다.

삼성은 2004년 최대의 성장실적을 올린 이후 성장세가 둔화되고 있기 때문이다. 실제로 삼성은 그룹 전체의 매출액이 2004년 135조 원, 2005년 144조 원, 2006년 141조 원 등으로 성장세가 두드러지게 주춤하고 있다.

그것은 환율하락, 유가 불안 등과 같은 외부의 부정적 요인들이 겹치기도 한 탓이지만 삼성 내부의 성장 동력이 한계점에 봉착해서 예전 같지 않다는 것이 이 회장의 위기감이다.

|새로운 경영전략, 창조경영

최근 삼성 경영진은 기회가 있을 때마다 '창조경영'을 역설하고 있다. 2006년 가을, 이건희 회장은 40여 일간에 걸쳐서 뉴욕에서부터 런던, 두바이, 요코하마로 이어진 해외 경영현장을 순방한 후, 창조경영을 화두로 제시했다.

"삼성만의 독특하고 차별화된 창조적 경쟁력을 확보해야 한다."

2002년 이후 자리매김한 '글로벌경영'이란 화두를 5년 만에 바꾼 것이다.

삼성은 이건희 회장의 창조경영을 구체화하기 위해 2007년 신경영 선언을 '창조적 혁신과 도전'으로 정했다. 삼성이 경영방침을 창조경영으로 전환한 것은 삼성전자를 비롯한 주력 기업들이 이미 상당 수준의 글로벌 경쟁력을 확보했다는 자신감에서 비롯된 것이다.

창조경영이 무엇이냐고 묻는 질문에 이 회장은 다음과 같이 간결하게 설명하고 있다.

"한국 독자기술로 통신 종주국 미국 본토에 진출한 와이브로나 40나노 32기가 낸드플래시 개발을 가능케 한 CTFCharge Trap Flash 기술이 독창적인 창조경영의 산물이다."

세계 IT업계를 리드하면서 시장을 창출해 나갈 수 있다면 그것이 바로 창조경영인 셈이다.

그렇다면 이 회장은 왜 창조경영을 새 경영화두로 정했을까?

우선 대표 계열사인 삼성전자의 경우 '빅3'로 불리는 주력업종들의 성장이 정체 상태에 빠져 있다는 데 삼성의 고민이 있다.

반도체사업의 경우 세계 1위를 고수하고는 있지만, 낸드플래시 가격

급락 등으로 수익률이 떨어지고 있고, 미국 인텔과 마이크론, 일본 도시바와 엘피다 등 경쟁 업체들이 일제히 '삼성 타도'를 외치며 거세게 추격해 오고 있다.

휴대전화의 경우는 노키아, 모토로라와의 격차를 좀처럼 좁히지 못하고 4위인 소니에릭슨의 추격을 받으며 불안한 3위를 지키고 있다. 또 디스플레이 부분인 PDP에선 일본 마쓰시타가 최근 2,800억 엔을 투자해 세계 최대 규모(연간 1,050만 대) PDP 공장을 건설할 계획을 세우는 등 한국 업계에 대한 공략을 강화하고 있다. LCD 분야에서는 중국이 기술 격차를 급속하게 좁히며 맹렬하게 추격해 오고 있다. 산업자원부의 자료에 따르면 2010년이면 LCD 분야에서 중국과의 기술경쟁력 격차가 1.7년, 산업경쟁력 격차는 불과 1년으로 좁혀질 것으로 예측된다.

반면 새로운 성장 동력 발굴이 지지부진하다는 데 삼성의 고민이 있다.

한 삼성 관계자는 창조경영론이 탄생한 배경을 이렇게 진단하고 있다.

"반도체, 휴대전화, 디스플레이 등 한국과 삼성을 대표하는 산업들이 순환의 고리를 따라 가까운 장래에 중국, 인도, 동남아로 옮겨 갈 것이다. 이 회장의 고민은 바로 여기에서 출발한다."

그래서 이 회장은 2007년 1월 25일, 전국경제인연합회 회장단 회의에서 한국을 중국과 일본 사이에 긴 나라로 표현한 '샌드위치론'을 제기했다. 한국경제나 기업은 일본이 앞서 가고 중국이 바짝 뒤따라오는 상황에 처한 '샌드위치 신세'라고 지적한 것이다.

"중국은 쫓아오고 일본은 앞서 가는 상황에서 한국은 샌드위치 신세다. 이를 극복하지 않으면 고생을 많이 할 수밖에 없는 것이 한반도의 위치다."

이 회장의 발언은 한국경제가 몇 년째 정체를 벗어나지 못하고 있는 상황에서 현재의 위기를 극복하지 못하면 앞으로 큰 어려움을 겪을 것이라는 위기감의 표현이다.

거기에 이 회장은 약 한 달 반 후에 더 강도 높은 표현으로 사태를 진단해서 큰 파장을 불러일으켰다.

3월 9일, 서울 용산 백범기념관에서 열린 투명사회실천협약 행사에 참석한 이 회장은 삼성전자 주력업종의 수익률이 떨어지고 있다는 기자들의 질문에 대해 이렇게 대답했다.

"지금 우리 경제의 문제는 심각하다. 삼성전자뿐만 아니라 우리나라 전체가 문제다. 정신을 차려야 한다. 5~6년 뒤에는 아주 혼란스러워질 것이다."

삼성의 수익률 하락은 삼성만의 문제가 아니라 한국경제의 문제이며 5~6년 뒤에는 위기가 올 수 있다는 경고의 메시지를 보낸 것이다.

이 회장은 2007년 신년사에서 급변하는 국내외의 여건과 사회의 흐름을 신속하게 읽고 미리 대응하지 못하면 정상의 발치에서 주저앉을지 모른다고 경고한 바 있다.

"우리는 지금 21세기 디지털 시대의 중심에 서서 새로운 창조적 혁신의 물결을 맞이하고 있습니다. 안팎에서 밀려오는 도전과 변화의 파고는 더욱 높아지고 그 속에서 영원한 1등은 존재하지 않습니다. 이제까지 1등이던 기업이라도 경쟁력을 잃는 순간 일류의 대열에서 사라지고 새로운 시장과 고객을 창출한 후발 주자가 순식간에 정상에 올라서는 시대가 된 것입니다. 삼성도 예외일 수 없습니다. 우리만의 경쟁력을 갖추지 못하면 정상의 발치에서 주저앉을 것이나, 창조적 발상과 혁신으로 미래의 도전에 성공한다면 정상의 새 주인으로 올라설 것입니다."

과거 이 회장은 "인재와 기술만 갖고 있으면 겁날 것이 없다"고 호언했지만 지금은 인재와 기술 외에 새로운 '플러스알파'를 필요로 하는 시대가 되었다.

따라서 창조경영이라는 화두에는 창의성이나 선견력 같은 덕목이 요구되는 것은 물론 어렵게 도달한 세계 일류 기업의 자리를 반드시 지켜내야 한다는 '정신무장'도 포함되어야 한다는 것이 이 회장이 삼성인들에게 요구하고 있는 주문 사항이다.

이 회장은 그동안 줄곧 강조해 온 '준비경영'을 통해서 창조경영을 구현해 나갈 수 있다고 보고 있다.

삼성은 세계 정보기술 업계에서 더욱 확고한 위치를 점하기 위해서 다음과 같은 세부 실천과제를 천명했다.

1) 리더십 강화
2) 지속적인 시장 선도 제품 창출
3) 외부 변수에 흔들리지 않는 고효율 경영체제 확립
4) 시장 추종자에서 창조자로 전환
5) 존경받는 기업상 구현

돌이켜 보면 이 회장의 회장 재임 20년 동안 삼성에서 '위기'가 강조되지 않은 때는 거의 없었다. 과거 20년을 돌아볼 때 이 회장의 리더십은 위기에서 더욱 빛났다고 볼 수 있을 것이다. 삼성은 그의 '위기의 리더십'에 따라 끊임없는 도전과 이를 극복하는 과정을 통해서 '국내 1등 기업에서 세계적 초일류 기업'으로 도약할 수 있었다.

　1987년 이 회장이 회장 취임 직후 제시한 '초일류 기업', 1993년, '처자식 빼놓고 다 바꿔라'며 들고 나온 '신경영', 그리고 최근에 새로운 경영화두로 제시된 '창조경영' 등은 하나같이 위기 극복을 위한 처방이었다. 다만 창조경영이란 화두가 지금까지와 다른 점은 그동안은 '시장 추종자'로서의 위기였다면, 지금은 '시장 주도자'로서의 위기라는 점이다.

　한 삼성 관계자는 "무서운 변화 속도가 특징인 디지털 시대에 우리만의 새로운 패러다임을 만들지 않으면 쓰러지고 말 것이라는 위기감의 표현이자 그 처방이 바로 창조경영"이라고 말했다.

　결국 창조경영은 이런 문제를 해결하고 삼성의 미래 경쟁력을 확보하기 위한 전략이라고 볼 수 있다.

　삼성은 여러 가지 어려운 점이 있는 가운데서도 그룹의 주력 기업인 삼성전자가 2006년 수출 첫 500억 달러의 실적을 올리는 대기록의 위업을 달성했다.

　삼성전자는 해외 생산물량을 제외한 국내 본사 수출실적을 환산한 결과 모두 505억 4000만 달러를 달성했는데 이 같은 수출 규모는 사상 최대이며, 국내 기업 전체 수출 규모(3,259억 9,000만 달러)에 비추어 보아도 15.5%나 되는 엄청난 실적이다. 분야별로는 반도체 수출이 160억 달러로 가장 많았고, 휴대폰이 150억 달러, LCD가 108억 달러로 역시 100억 달러를 넘는 실적을 나타냈다.

이 회장은 이러한 실적에 힘입어 2007년 신년사에서도 위기의식을 강조하는 동시에 헤쳐 나갈 수 있다는 의지를 나타냈다.

"지금부터 20년 전 저는 회장에 취임하면서 위대한 내일을 창조할 삼성의 가능성을 확신하였으며, 삼성가족의 열정과 헌신을 믿고 끊임없이 도전해 왔습니다. 세계를 향한 우리의 목표는 크고 원대합니다. 저와 여러분의 미래에 대한 신념과 열정, 창조적 혁신과 도전이 계속되는 한 우리의 앞날은 더욱 힘차고 밝을 것입니다."

또 이 회장은 창조경영을 실천할 전략지침으로 남들이 따라올 수 없는 신기술 개발, 이를 뒷받침할 핵심인재 발굴, 인재와 기술 개발을 주도할 새로운 경영체제 수립 등을 들고 있다.

앞으로 삼성은 새로운 '삼성 웨이'를 만들어 냄으로써 고속성장의 신화를 이어 나가야 할 것이다. 이건희 회장 체제 20년 동안 삼성은 그의 신경영전략에 의해 지금의 초일류 기업으로서의 위상을 지니게 되었고 한국을 먹여 살리는 커다란 자산이 되었다. 그래서 삼성의 위기는 한국의 위기가 될 수 있다는 점을 생각하지 않을 수 없다.

세계적 컨설팅업체 액센츄어 본사의 스티븐 로뢰더 최고운영책임자는 글로벌 리더 기업 후보가 한국에는 삼성전자 외에 25개 정도 있으며,

2~3년 내에 이들이 세계적 기업으로 클 것인지의 여부가 판명날 것이라는 매우 희망적인 말을 했다.

가까운 시일 안에 삼성 같은 회사가 5~10개 정도 더 나와 이 나라를 선진국들과 어깨를 나란히 하는 대열에 세워 주기를 기원한다.

2007년 4월

이채윤

❏ 차례

이병철 시대

What makes SAMSUNG one of the world's leading compenies?

제1장
삼성의 시작

삼성이 국내 1등 기업이 되기 시작한 것은 한국전쟁이 끝난 1950년대 중반 이후의 일이다.
삼성의 창업주 이병철은 1938년 청과물 상회와 국수공장, 양조장 등으로 사업을 시작한 후,
해방 이후에는 대외무역에 눈을 떠서 무역업으로 자본을 구축했다. 삼성은 전란의 과정에서
숱한 어려움을 겪었지만, 전쟁 이후 정부의 공업 발전시책에 적극 호응해서 1953년 제일제당,
1954년 제일모직을 설립하는 등 상업자본에서 산업자본으로 발빠른 변신에 성공함으로써
국내 1등 기업으로 두각을 나타내기 시작했다. 우리는 이 장에서 삼성의 창업주 이병철의
창업 과정을 살펴봄으로써 삼성이 어떻게 1등 기업으로 자리매김하게 되었는가 알아보기로 하자.

What makes SAMSUNG one of the world's leading compenies?

1.창업기

| 삼성은 실패에서부터 시작되었다

흔히 삼성 하면 줄기차게 성공만 거두어 온 것으로 생각하기 쉽지만, 삼성도 쓰라린 좌절과 위험한 순간을 수없이 겪고 자라 온 기업이다. 삼성의 이병철 회장은 청년기에 벌인 첫 사업에서 실패의 쓰디쓴 고배를 마셨다.

건강상의 문제로 일본 와세다 대학을 중퇴하고 고향에 돌아와 칩거하고 있던 이병철 회장은 27세 되던 1936년, 마산에서 협동정미소를 차리면서 사업경험을 쌓기 시작한다. 그는 최신모델의 도정기를 들여놓고 정미소를 하면서 도정된 쌀의 수송을 위해서 운수회사를 차리는 한편, 식산은행에서 거액을 대출받아 부동산업에 진출했다. 그 결과 그는 사업을 시작한 다음 해에 200만 평의 농지를 소유한 경남 최대의 대지주가 되었다.

그러나 그는 부동산에 너무 지나치게 손을 대는 바람에 모든 것을 놓치는 우를 범하고 말았다. 때마침 중일전쟁이 일어나서 식산은행이 대출금 회수에 나서는 바람에 그는 모든 것을 다 팔아서 빚을 갚아야 했다. 급하게 땅을 파느라 헐값에 매매해야 했던 탓에 그는 정미소와 운수회사까지도 정리해야 했고 빈털터리 신세가 되고 말았다. 그는 자기자본이 아닌 차입금으로 사업을 한다는 것이 얼마나 무서운 도박인지 절실하게 깨닫지 않을 수 없었다.

후일 그는 자서전인 『호암자전』에서 당시 무엇을 배웠는가에 대해 이렇게 언급했다.

"사업은 반드시 시기와 정세에 맞춰야 한다. 그런 연후 사업을 할 때에는 첫째 국내외 정세의 변동을 정확하게 통찰해야 하며, 둘째 과욕을 버리고 자기 능력과 한계를 냉철하게 판단해야 한다. 셋째 요행을 바라는 투기는 절대 피해야 하며, 넷째 직관력의 연마를 중시하는 한편 제2, 제3의 대비책을 미리 강구해 둬야 한다. 만약 대세가 기울어 실패라는 판단이 서면 깨끗이 미련을 버리고 차선의 길을 택해야 한다는 것을 절감했다."

이때의 쓰라린 경험은 그가 훗날 삼성이라는 대그룹을 일으키는 데 커다란 밑거름이 되었다. 그 후 그는 누구보다도 민감하게 국내외의 정세변화에 대처하면서, 결코 무모한 투기를 하지 않고 과욕을 부리지 않는 철저한 합리주의적 경영자의 길을 걷게 된다.

큰 기업을 경영하는 것이나 구멍가게를 경영하는 것이나 같다는 그의 다음 말은 삼성의 경영과 관련하여 일관되게 흐르는 사상이다.

"나무 하나를 관리하고 돼지 한 마리를 키우는 것이나 회사를 경영하는 것이나 그 원리가 다를 바 없다. 나무 하나가 결국 수십만 주의 과수를 관리하는 것이며, 돼지 한 마리 관리하는 것이 4~5만 두를 관리하는 것이다. 그러니 한번 잘못된 것을 발견하면 아무리 작은 것이라도 끝까지 철저히 챙겨서 고쳐야 한다."

사업이라고 하면 대단해 보일지 모르지만 사소한 것을 얼마나 중요하게 여기는가에 승패가 달려 있고, 조금이라도 잘못된 것이 있으면 완벽한 수준에 도달할 수 있게 개선하기 위해 노력해야 한다는 것이 이병철 회장의 생각이다.

| 두 번째 창업

이병철 회장은 첫 사업에 실패한 후 절치부심하다가 실패의 기억을 털어 버리고 무대를 바꾸어서 대구에서 새롭게 출발했다. 그는 1938년 3월 1일, 대구에서 '삼성상회'라는 간판을 내걸고 드디어 삼성그룹의 시작이라고 할 수 있는 사업의 첫발을 내디뎠다.

그는 두 번째 사업을 시작하기 전 사과, 밤 등의 청과물과 동해 방면에서 들어온 건어물, 잡화 등을 만주와 중국 일대에 수출하면 비교적 큰 자본을 들이지 않고도 수익을 올릴 수 있을 것이라고 판단했다. 면밀한 검토 작업의 일환으로 직접 중국 대륙을 여행하면서 무역업의 가능성을 확인했고, 모든 준비가 끝나자 농산물의 집산지인 대구를 새로운 사업지로 선택했다.

삼성상회는 예상대로 순조로운 출발을 보였다. 대구 근교에서 수집한 청과물과 포항 등지에서 들여온 건어물은 중국과 만주에서 매우 환영받는 상품이 되었다. 그는 무역업의 호조에 힘입어 제분기와 제면기를 설치하고 국수제조업에도 손을 댔다.

당시 대구에는 국수공장이 다섯 군데 있었는데, 삼성상회가 만든 별표국수는 좋은 밀가루를 재료로 썼기 때문에 가격은 다소 비쌌지만 맛이 좋아서 선풍적인 인기를 끌었다. 국수는 한 묶음에 10전짜리 국수를 60묶음씩 나무 상자에 담은 것과 120묶음씩 담은 것 두 종류를 판매했는데, 대구 시내보다는 오히려 안동, 포항, 영주, 봉화 등 인근지방에서 더 큰 인기를 끌었다.

삼성상회의 기반이 잡혀 나가자 그는 조선양조라는 양조장을 인수했다. 당시 대구에는 큰 양조장이 여덟 곳 있었는데 일본인이 네 곳, 한국인이 네 곳을 경영하고 있었다. 조선양조를 인수한 그는 술의 질을 높이고 적극적인 마케팅을 구사해 대구지역은 물론 인근의 경산, 칠곡 등지에서도 조선양조의 술이 인기를 얻기 시작했다.

여기에서 우리가 주목해야 할 점이 있는데, 그는 사업을 시작한 지 한 달 만에 일본 유학시절 사귄 이순근을 지배인으로 앉히고, 전권을 일임하는 지배인제도 아래서 사업을 운영했다는 점이다. 그는 사업 초창기부터 '용인철학'을 실천하고 있었다.

그는 꼭 자신이 나서야만 할 거액융자나 거액의 자재구입, 수주 외에는 인감관리와 어음발행 등의 모든 회사업무를 지배인에게 위임했다. 그리고 자신은 시장의 흐름과 세계정세의 추이에만 신경을 쓰는 리더십을 발휘했던 것이다.

이병철 회장은 그 후에도 "나는 서류에 도장을 찍어 본 적이 없다"고 강조하면서 자신은 도장을 가장 잘 찍는 사람을 뽑는 일을 하는데, "내 인생의 80%를 사람 관리에 신경을 썼다"고 말하곤 했다. 이것이 신상필벌, 능력주의, 적재적소를 강조한 그의 용인철학인데 그는 사업 초창기부터 인재관리의 달인으로서의 면모를 보여 주기 시작한 것이다.

이 시기에 또 한 가지 특이한 점은, 삼성상회의 문을 연 지 3년 만인 1941년 주식회사체제로 전환했다는 것이다. 주식회사제도는 당시 일본 기업들 사이에서 유행하기 시작한 제도였다. 일본 기업에 대한 삼성의 벤치마킹은 이때부터 이미 시작되고 있었던 셈이다.

2. 기반 구축기

| 본격적인 무역을 시작하다

그러나 1945년 8월 해방을 맞고 이후 38선이 가로막히자 육로를 통한 중국으로의 무역길이 막히면서 삼성상회는 문을 닫을 위기에 몰렸다. 그러나 다행히 일제말기에 인수한 조선양조가 호조를 보인 덕분에 일시적인 위기에서 벗어나 지속적으로 성공을 이어 나갔다.

그 와중에 이병철 회장은 대구라는 지역적 한계를 벗어나 본격적으로 무역을 하기 위해서 1948년 11월 서울로 무대를 옮겼다. 그리고 '삼성물산공사'라는 간판을 내걸고 본격적인 사업에 들어갔다.

이 회사는 처음부터 주식회사체제로 출발했다. 삼성물산공사는 주식의 75%를 투자한 이병철 회장이 사장을 맡았지만, 나머지 25%는 직원들이 투자했다. 말하자면 우리나라에서 사원출자제, 즉 사원주주제를 가장 먼저 실시한 회사였다. 이병철 회장은 사원이면 누구나 투자해서 응분의 이익을 배당받을 수 있게 했다.

삼성물산공사는 홍콩, 마카오, 싱가포르 등 동남아시아 지역에서 면사를 비롯한 설탕, 재봉틀, 의약품, 철강재, 비료 등 100여 종에 달하는 생필품을 수입했다. 그리고 한편으로는 마른오징어, 한천 등의 해산물과 면실박棉實粕 : 목화씨에서 기름을 짜고 난 찌꺼기을 수출했다.

그 무렵의 무역은 주로 홍콩이나 마카오의 무역선이 부산이나 인천항에 싣고 온 물품을 사들여 국내시장에 팔거나, 국내물품을 그들에게 팔아서 이윤을 남기는 단순한 형태였다. 그러다가 점차 나라가 안정을 찾아감에 따라 우리나라 무역업자들이 수출품을 무역선에 싣고 홍콩 등지의 바이어를 직접 찾아가면서 본격적인 무역이 시작되었다.

이러한 무역을 통해서 삼성물산공사는 사업을 시작한 지 1년 반 만인 1950년 3월 결산에서 1억 2,000만 원의 순이익을 기록했다. 이는 무역 규모로 보아 당시 상공부에 등록된 543개 무역업체 중 7위에 해당하는 성과였다. 이때부터 삼성물산공사는 순항을 거듭하며 재계의 기린아로 등장하게 되었다.

| 위기를 극복하게 만든 용인술

그러나 시련이 끝난 것은 아니었다. 이병철 회장의 성공은 뜻하지 않은 한국전쟁의 발발로 완전히 파괴되고 말았다. 인천 항만과 용산의 보세창고에 산적되어 있던 삼성의 산더미 같은 물품이 전화戰火로 모두 사라져 버렸던 것이다.

이병철 회장은 모든 사업기반을 잃고 3개월 동안 공산치하의 서울에 갇혀 있다가 9·28 서울수복을 맞아 대구로 향했다. 이때 이병철 회장은 대구에서 기사회생의 기회를 맞았다. 대구를 떠날 때 두고 온 대구사업장인 조선양조에 들렀을 때 생각지도 못한 기쁜 소식을 듣게 되었던 것이다.

이병철 회장을 반갑게 맞은 김재소 사장, 이창업 지배인, 김재명 공장장은 그동안의 운영이 흑자를 보아서 3억 원이나 되는 목돈이 비축되어 있다고 보고했다. 전쟁으로 전 국토가 초토화된 상태에서 3억 원이라는 거금은 이병철 회장에게 패전 직전의 장수가 천군만마를 얻은 것과 같았다.

여기에서 우리는 이병철 회장의 용인철학이 빛을 발휘하는 순간을 보게 된다. 그리고 그가 그 후에도 왜 인간중심, 인재제일의 경영철학을 우선시하게 되었는지를 알게 된다.

3억 원이라는 거금을 손에 쥔 이병철 회장은 피난지인 부산에서 1951년 1월 다시 '삼성물산'을 출범시켰다. 하지만 전쟁 하의 비정상적인 환경에서 무역을 한다는 것은 여간 어려운 일이 아니었다. 수출은 엄두도 낼 수 없었고, 정부가 외화를 엄격히 통제하고 있었기 때문에 외화 확보가 어려워서 수입도 어려웠다.

그 무렵 낭보가 들어왔다. 홍콩의 에이전트가 전쟁 직전에 실어 보냈던 면실박 대금 3만 달러를 보내 준다는 것이었다. 결국 삼성은 이 자금으로 발군의 능력을 발휘해 무역업계에서 정상의 자리에 오를 수 있었다.

그 후 삼성물산은 설탕·비료·종이·양모·나일론·알루미늄·의약품 등을 수입하고, 일본과 동남아에 고철·오징어·쌀을 수출하면서 승승장구했다. 이렇게 훗날 대규모의 부를 축적하게 되는 기반을 확고하게 다졌다.

3. 성장기

|상업자본에서 산업자본으로의 변신

1953년, 휴전협정이 체결되자 정부는 외화를 절약하고 경공업을 발전시키기 위한 경제정책을 추진했다. 그러잖아도 수입업자들 간의 과도한 경쟁으로 무역업에 한계를 느끼고 있던 삼성은 발빠르게 이에 대처해서 상업자본에서 산업자본으로 변신을 시도했다.

삼성은 1953년 10월 제일제당을, 다음 해인 1954년에 제일모직을 설립했다. 생필품 등 모든 물자가 부족했던 그 시절에 삼성 공장에서 만든 물건들은 불티나게 팔려 나갔다. 상업자본에서 산업자본으로의 전환은 정부의 수입대체산업 지원책과 맞물려서 엄청난 성공을 거두었고, 이병철 회장은 한국 최고의 부자 자리에 올라서면서 최초로 재벌이라는 소리를 듣게 되었다.

한편 삼성은 이승만 정부 말기에 이루어진 은행의 민영화에 참가해서 1957년 2월 흥업은행(현 우리은행)의 83%를, 1958년 10월에는 한국상업은행의 33%를, 1959년 4월에는 조흥은행의 55%를 인수함으로써 막강한 자본력을 과시하며 국내 상업은행의 거의 반을 인수했다.

삼성은 이 시기에 은행을 통한 풍부한 자금을 바탕으로 재정적으로 곤란을 겪고 있던 사업체들을 본격적으로 인수했다. 천일증권(1957년 8월), 한국타이어(1958년 12월), 동일방적(1958년 12월), 호남비료(1958년 12월)를 인수하면서 한국 제일의 재벌로 입지를 굳혔던 것이다.

금융자본까지 손에 넣고 재계의 일인자로 등극했지만, 그에게는 또다시 시련의 시기가 도래하고 있었다. 4·19와 다음 해에 이어진 5·16으로 탈세혐의자, 부정축재자로 몰리게 되었던 것이다. 이병철 회장은 우여곡절 끝에 자신의 최대 야심작이었던 '한국비료'를 국가에 헌납했다. 그리고 정치권력 쪽과는 '불가근불가원不可近不可遠' 원칙을 세우고 오로지 경제역량을 키우는 데만 전념하게 되었다.

1960년대에 삼성은 제당업, 모직업, 보험업, 수출에 주력하고 있었다. 그러나 경공업 중심의 산업으로는 세계적 기업으로 발돋움하기 어렵다는 것을 깨달은 삼성은 새로운 분야로의 진출을 모색하기 시작했다.

1968년 이병철 회장은 신규 유망업종으로 전자산업을 선택한 뒤 미국, 일본 전자업계와의 제휴를 모색하기 시작했다. 전자산업은 수입대체 효과도 있고 해외수출이 모두 가능한 첨단산업이었기 때문이다.

삼성은 일본 산요전기와의 합작으로 공장을 짓고, 1969년 1월 삼성전자를 설립했다. 삼성전자를 설립한 이후 그는 반도체, 컴퓨터 등의 첨단산업에 전력을 기울이는 한편, 중화학공업과 방위산업 등에도 발빠른 행보를 계속하면서 삼성의 세계화를 위해서 진력했다.

4. 창업 정신과
도쿄 구상

|창업 정신

잘 알려져 있다시피 이병철 회장이 내세운 삼성의 창업 정신은 '사업보국·합리추구·인재제일'이다. 이 세 가지 중에서도 가장 역점을 둔 경영이념은 인재제일의 정신이다. 그는 자원과 자본, 노동력 등의 생산요소 중 특히 인적자원을 기업성장의 요체로 보았다. 그래서 '기업은 곧 사람'이며, 모든 일의 중심 또한 인재라는 사실을 항상 강조했다.

그는 입버릇처럼 "기업은 곧 사람이다. 유능한 인재를 얼마나 확보하고 키워서 얼마만큼 효과적으로 활용하느냐에 기업의 성패가 달려 있다"고 역설했다.

1982년 준공된 용인 삼성인력개발원 로비 벽에는 다음과 같은 이병철 회장의 친필 현판이 걸려 있다.

〈국가와 기업의 장래가 모두 사람에 의해 좌우된다는 것은 명백한 진리이다. 이 진리를 꾸준히 실천해 온 삼성이 강력한 조직으로 인재양성에 계속 주력하는 한 영원할 것이며, 여기서 배출된 삼성인은 이 나라 국민의 선도자가 되어 만방의 인류행복을 위하여 반드시 크게 공헌할 것이다.〉

이러한 이병철 회장의 경영철학은 자원이 빈곤한 우리나라에서 인재양성을 통해 경제발전의 비전을 제시했다.

이병철 회장은 기업경영에 대해 다음 세 가지 점을 강조하고 있다.

첫째, 시대가 요구하는 사업을 해야 한다.

실제로 이병철 회장은 생산기반이 철저히 파괴된 해방 이후 한국전쟁 전후의 기간 중에는 무역업에 종사해 물자부족에 대비했고, 전후 재건 시기에는 제당 · 모직 등 수입대체산업에 진출했다. 그리고 1960년대 이후 개발경제 시대를 맞이해서는 삼성전자, 삼성중공업 등 핵심기술사업에 진출해서 지금의 삼성그룹을 형성했다.

이병철 회장은 다음과 같이 말했다.

"국민이 소비재를 필요로 할 때는 소비재를 만들어야지 중공업이나 조선을 해서는 안된다. 그 시대에 맞는 것, 국민이 요구하는 것을 만들어야 기업도 사회에 기여하게 되고, 기업 자체도 영속할 수 있다."

둘째, 기업의 부실화는 사회악이다.

이병철 회장은 삼성의 임직원들에게 삼성과 같은 대기업이 어려움을 겪는다면 그것은 한 기업의 불행일 뿐만 아니라 국가와 사회에 엄청난 손실을 가져오게 된다는 점을 명심해야 한다고 말했다.

"기업의 역할은 동포들에게 일자리를 제공하는 것이다. 기업이 이윤추구를 하는 것, 그 자체에는 아무런 문제가 없다. 문제는 기업이 적자를 내 일자리를 제공하지 못하는 경우에 있다. 기업이 적자를 내는 것은 큰 죄를 범하는 것이다."

실제로 이병철 회장은 50년이라는 긴 세월 동안 수많은 기업들을 창업하고 육성했지만, 그중 부실기업은 단 한 개도 없었다.

셋째, 모든 기업은 공존공영해야 한다.

이병철 회장은 공존공영에 대해서 이렇게 말하고 있다.

"가령 제당을 한다고 가정하면 원료를 파는 사람을 항상 유익하게 해 줘야 계속해서 원료를 공급받을 수 있다. 또 시설재를 공급하는 분에게도 적정이익을 보장해 줘야 항상 알맞은 것을 공급받을 수 있다. 제품을 만드는 종업원에게도 생활비를 보장해 줘야 열심히 일할 것이고, 자신의 물건을 파는 대리점에도 이익이 남게 해 줘야 대리점을 계속 운영할 것이다. 소비자 역시 물건이 좋고 값이 싸야 사지 비싸고 질이 나쁘면 안 살 것이다. 기업가들이 처음부터 돈만 버는 것을 목표로 해서는 안 된다. 오히려 세상에 도움이 되고 필요한 사업을 하면 자연히 번영하게 될 것이고, 돈은 저절로 벌리게 되는 것이다. 기업의 성공과 경제적 발전에 있어서 가장 중요한 요소는 바로 '공존공영'이다. 경쟁도 중요하지만, 기업하는 사람들은 더 큰 동기를 위해 서로 돕는 법을 배워야만 한다."

이병철 회장의 경영철학은 일본의 마쓰시타나 미국의 아이아코카, 잭 웰치의 경영철학과 함께 대표적인 공존공영의 철학이라고 볼 수 있다.

반세기에 걸친 혁신적 경영 과정에서 확인된 이병철 회장의 뛰어난 능력은 유능하고 생산적인 인재양성에서도 읽을 수 있다. 삼성은 1957년, 한국에서는 최초로 공개채용 방식으로 사원을 뽑았다. 당시만 해도 대부분의 회사들이 경영주의 친인척이나 주변인물의 청탁을 받아 사람을 채용하는 풍토였기 때문에, 이러한 공개채용 방식은 새로운 기업풍토를 만들어 냈다.

"나는 족벌경영이 번성하는 사례를 본 적이 없다. 기업이란 모름지기 업무수행 능력을 기준으로 선별한 임직원들로 구성되어야 하는 것이다."

이병철 회장은 평생 이러한 인재제일주의에 철저했다. 그는 학연과 지연, 혈연 등 우리 고유의 정서를 배제한 채 오로지 능력주의에 입각해 사원을 채용했다. 신입사원을 뽑을 때는 성적과 인성의 비중을 5대 5로 평가하게 했고, 면접시험 때는 직접 참여해서 사원을 선발했다.

이병철 회장은 인재를 선별할 때 졸업장으로 따지는 서류전형보다는 인터뷰를 더 중시했다. 그러한 이병철 회장의 뜻에 따라 삼성은 사원을 채용할 때 지원자들에게 학력공개를 강요하지 않는 회사가 되었다.

또한 일단 채용한 사원들의 능력을 제고시키기 위해 끊임없이 사내교육을 실시했을 뿐만 아니라 '의심나는 사람은 쓰지 말고 쓰는 사람은 의심하지 말라 疑人勿用 用人勿疑'는 사상에 입각해 인재를 적재적소에 배치했다. 이렇게 함으로써 그는 삼성그룹을 창업한 이래 일관되게 합리적인 인재선발을 고수했고, 인재를 교육시켜 우리나라의 전문경영인 시대를 예고했을 뿐 아니라, '인재의 삼성'이라는 전통을 확립했다.

| 이병철의 도쿄 구상

너무도 유명한 이병철 회장의 도쿄 구상은 우연한 기회에 이루어졌다.

1959년 12월 말, 그는 일본 방문을 마치고 귀국하려 했으나 서울에 폭설이 내려서 비행기가 이륙하지 못하는 사태가 벌어졌다. 그래서 할 수 없이 일본 체류기간 중의 숙소였던 제국호텔로 발길을 돌려야 했다.

그날 밤 일본 TV에서는 연말을 맞이해 특별히 기획한 경제전망 기획 프로그램을 방영하고 있었다. 일본의 저명한 저널리스트, 석학들이 나와서 지난해의 경제동향에 대한 총결산과 새해 경제에 대한 전망을 하고 있었다.

그때 이병철 회장은 무릎을 쳤다.

"내게 저런 것을 보여 주려고 서울에 폭설이 내린 모양이구나."

그는 귀국을 연기한 채 일본 경제에 정통한 경제담당 기자들을 만나서 TV에서 본 내용을 확인하며 그들의 이야기를 들었다. 기자들은 수치상으로 나타난 경제지표뿐만 아니라 실제로 경제 현장에서 일어나는 많은 이야기를 들려주었다.

그는 기자들의 이야기 가운데서 흥미 있는 분야를 골라냈다. 그리고 다시 그 분야의 전문가, 학자들을 만나서 새로운 시대가 요구하는 우수업종과 상품에 대한 조언을 들었다.

그런 다음 그는 재계의 유명사업가를 초청했다. 사업가들은 사업현장에서 실제로 겪은 자신들의 경험과 노하우를 들려주었고, 그에게 새로운 사업을 바라보는 시각을 제시해 주었다. 그는 일본의 재계 인물들과 폭넓은 교류관계를 맺고 있었으므로 그들을 만나서 좀 더 구체적이고 확실한 정보를 얻을 수 있었던 것이다.

이런 몇 단계의 만남 끝에 그는 자신의 생각을 정리하고 구상을 다듬어 나갔다. 그는 귀국 즉시 자신이 직접 작성한 유망 업종 리스트를 비서실에 건네며 우리 실정에 맞는 사업을 하나하나 점검하라고 지시했다.

그리하여 도쿄 구상을 통한 일본 벤치마킹이 시작되었다.

그 후 이병철 회장은 해마다 연말, 연초를 일본에서 지냈다. 그는 일본 언론이 특별 기획한 경제전망 기획 프로그램을 보면서 자신의 사업 구상을 정리하곤 했다.

당시 일본은 고도성장기를 맞고 있었으므로 매스컴에서는 해마다 신정연휴 동안 일본의 경제발전에 초점을 맞추어 집중적으로 기획물을 내보내고 있었다.

그는 이 기간 동안 일본의 경제개발 경험과 기업가들의 역할에 대해 진지하게 공부하고 연구할 수 있었다. 일본의 공업화는 그에게는 더없이 중요한 벤치마킹의 대상이자 교과서였다.

그런 가운데 그가 처음으로 구상한 사업이 훗날 완공해서 한국 정부에 헌납하게 된 동양 최대의 비료공장 한국비료였다. 당시 농업은 우리나라에서 가장 중요한 산업이었고, 비료 수요 또한 지속적으로 늘었지만 자급률은 20%에 지나지 않은 상태였다.

그는 평소 농업국가인 우리나라에 비료공장이 반드시 필요하다고 생각했지만 문제는 자금이었다. 그런데 도쿄에 머무르던 그는 어느 날 선진 10개국이 발의한 '개발가능성이 있는 후진국에 장기저리로 차관을 제공한다'는 기획 뉴스를 보게 되었다. 그는 그것을 보고 비료공장에 대한 사업구상을 하게 되었다.

이것이 '도쿄 구상'의 효시이자 실체다.

그가 해마다 연초에 도쿄에서 사업구상을 한 데는 이처럼 속 깊은 내막이 있었다. 그는 우리보다 앞서 가는 일본의 시스템을 자기 나름대로 소화해 냈고, 그것을 자기 방식으로 활용하는 방법을 터득했던 것이다. 이렇게 해서 선정된 업종이 훗날 삼성의 주력 기업이 된 매스컴, 제지, 보험, 전자, 중공업, 석유화학 등이었다.

흔히 도쿄 구상 하면 이병철 회장의 호사스러운 취미 정도로 생각하는 면이 있는데, 그것이야말로 철저하게 기업가다운 그의 일면을 보여주는 예라고 할 수 있다.

제2장
대한민국 최고의 재벌

"삼성은 해방 후와 동난 중에는 무역을 통해 물자조달의 기능을 맡았다.
휴전 후에는 수입대체 산업을 일으켜 한국경제가 원조 경제에서 자립 경제로 전환하는 기틀을
잡는 데 노력을 아끼지 않았다. 이어 중화학 공업 건설로 기간산업의 기반 조성에 몰두했다.
이제는 그것을 터전으로 해서 첨단기술 산업을 개척해야 할 시기가 되었다고 판단했다.
삼성은 새 사업을 선택할 때 항상 그 기준이 명확했다. 국가적 필요성이 무엇이냐.
국민의 이해가 어떻게 되느냐 또는 세계시장에서 경쟁할 수 있을까 하는 것 등이 그것이다.
이 기준에 견주어 현 단계의 국가적 과제는 '산업의 쌀'이며
21세기를 개척할 산업혁신의 핵인 반도체를 개발하는 것이라고 판단했다."

_『호암 자전』 중에서

What makes SAMSUNG one of the world' s leading compenies?

1. 안정적 도약기
— 종합상사와 첨단산업으로의 진출

| 종합무역상사 제1호

　명실 공히 한국 최고의 기업집단을 형성하기 시작한 삼성은 1970년 대에 들어서 해외로 눈을 돌리기 시작했다.

　1970년대는 제1차 오일쇼크 등의 외풍이 몰아쳐서 성장의 기복이 극히 심했던 시대였다. 1973년, 정부는 경공업 중심의 경제성장에 한계를 느끼고 중화학공업을 적극 추진하기 시작했다. 정부는 1975년에 수출 부진을 타개하기 위해 강력한 수출 드라이브 정책의 일환으로 종합무역 상사General Trading Companies 제도를 도입하여 수출의 견인차 역할을 맡게 했다.

　이는 삼성이 일본의 종합무역상사를 모델로 1971년 1월 정부 측에

'종합무역상사 육성에 관한 건의'를 제출, 건의한 데 따른 것이었다. 이 건의안에는 종합무역상사를 양성하는 목적과 방법이 포함되어 있었으며, 정부는 삼성의 건의 중 상당 부분을 받아들여 법을 발효시켰다.

그리하여 삼성은 1975년 5월 19일, 종합무역상사 제1호로 등록을 했다. 그 후 종합무역상사는 한국 재벌그룹을 대표하는 견인차 역할을 하면서 국제시장을 개척하고 '수출 한국'의 기치를 드높이며 점차 강력한 국제경쟁력을 갖추는 기회를 만들어 나갔다.

종합무역상사로 등록한 삼성은 1975년 당시 16개였던 해외지부를 1978년에는 38개로 늘리면서 수출을 확대하기 위해 세계 각 지역으로 수출시장을 다변화했다. 또한 그룹의 사업구조에서 중공업의 비중을 높이기로 결정하고 조선과 중화학을 포함하는 중화학공업으로의 진출에 박차를 가했다. 그러면서 주요 수출품목도 경공업 품목에서 중공업 품목과 플랜트로 전환했다.

삼성은 중화학공업 진출을 서둘러 1972년에는 제일합섬, 1974년에는 삼성중공업과 삼성석유화학, 1978년에는 코리아엔지니어링과 삼성정밀 등을 설립하면서 중화학, 조선, 항공, 기계 사업 부문의 계열사를 만들어 갔다. 또 1970년대 중반 중동 건설특수를 계기로 1977년에는 삼성종합건설을 설립해 뒤늦게 건설업에도 진출했다. 뿐만 아니라 1977년 삼성반도체와 삼성GTE통신을 설립함으로써 향후 전개될 첨단산업시대에 대비하는 밑그림을 짰다.

| 반도체사업 투자

여기서 가장 주목할 것은 삼성의 반도체사업 투자이다.

이 과감한 결단과 투자는 이병철 회장이 지닌 대담한 기업가 정신Bold Entrepreneurship과 기업 이니셔티브를 보여 주는 좋은 예라고 할 수 있다. 그는 이 결단으로 '소비재 중심 재벌', '이익만 추구하는 장사치'라는 오명을 깨끗이 벗어던지고 삼성을 세계 일류 기업군에 들어서게 하는 첫발을 내디뎠던 것이다.

삼성의 명운을 가르게 되는 전자와 반도체에 대한 투자가 어떻게 이루어졌는지 살펴보자.

간단하게 그 사연을 요약하면 삼성의 반도체 진출은 이건희 회장의 선견력과 이병철 회장의 사업을 내다보는 과감한 결단력이 절묘하게 합쳐진 성공 신화라고 할 수 있다.

1974년, 이건희 회장이 동양방송 이사로 있었을 때의 일이다. 1973년 오일쇼크를 겪으면서 이건희 회장은 자원이 없는 한국의 비참한 현실을 뼈저리게 느끼고, 우리나라가 국제적인 경쟁력을 갖추려면 두뇌로 경쟁해야 하고, 부가가치가 높은 하이테크산업으로 진출해야 한다고 생각했다. 그리고 여러 가지 사업유형을 검토하다가 반도체사업이 가장 유망하다는 결론을 내렸다.

그러나 이 사업계획은 돌다리도 두드려 보고 건넌다는 선대 회장의 방침을 따르는 내부의 반대에 부딪혔다. 이건희 회장은 이에 굴하지 않고 1974년 파산한 한국반도체주식회사를 사재를 들여 가며 인수해 삼성 반도체를 설립했고, 그것이 삼성 반도체사업의 씨앗이 되었다. 만약 미래를 내다보는 그 결단이 없었다면 현재의 초일류 기업 삼성은 존재하지 않았을지도 모른다.

그리고 두 번째 결단은 아버지의 몫이었다.

1983년 2월, 이병철 회장은 도쿄에 머무르면서 '반도체 신규투자'에 대한 최종 결심을 굳히고 있었다. 당시 삼성이 반도체에 사운을 건 투자를 하기에는 많은 위험이 도사리고 있었다. 선진국과의 심한 기술 격차, 막대한 투자재원 조달, 고급 기술인력의 확보, 공장건설에 필요한 특수설비, 불투명한 시장전망 등 어느 것 하나 마음 놓을 조건이 없었다.

그러나 이병철 회장은 최첨단사업인 반도체사업을 포기하고 그대로 물러난다면 삼성이 첨단기술을 보유한 일등 기업이 될 기회를 포기하고 마는 것이며, 그것은 선진국의 길을 포기하는 것과 같다는 신념에서 운명을 건 대결단을 내렸다.

그 후 이병철 회장은 반도체사업을 진두지휘하면서 한국 반도체의 신화를 이끌어 냈다.

당시는 일본과 미국의 첨단기술 회사들이 이미 반도체사업에서 우위를 차지하고 있었기 때문에 삼성이 후발주자로 반도체를 생산한다고 발표했을 때 모두 회의적인 반응을 보였다. 그러나 이병철 회장은 일본이 성공적으로 이룩한 고부가가치산업, 하이테크산업과 자원절약산업으로의 전환에 깊은 인상을 받았고, 앞으로 나아갈 길은 그것뿐이라는 확신을 가졌다.

사실 삼성이 반도체 부문에 대한 대규모투자를 결정하는 데는 일본이 결정적인 모델이 되었고, 투자를 결정하기까지는 현실적으로 일본 기업의 도움도 많았다. 그러나 본격적인 반도체개발에 들어가 제품이 출하되기 시작하자 일본의 반도체업계는 삼성의 시장진입을 방해하는 공작을 펴기 시작했다.

삼성이 1981년 64KD램, 1985년 256KD램을 대량으로 생산하기 시작하자 일본 반도체업자들은 256KD램의 가격하락을 주도하면서 덤핑을 시작했다. 당시 삼성은 기업의 운명이 바뀔지도 모른다는 판단이 설 만큼 심각한 타격을 받았다.

이를 계기로 삼성은 일본에 의지하던 기술개발을 미국 쪽으로 선회했다. 그리고 미국 회사에서 근무하던 한국인 기술자의 결정적인 도움을 받아 64KD램과 256KD램의 개발에 성공할 수 있었다. 다행히 1986년부터 세계시장에서 반도체가격이 상승하기 시작해 삼성은 명운을 가르는 갈림길에서 성공의 길로 들어설 수 있었다.

여기에는 삼성의 기업전략이 주효했다. 삼성의 기업전략이란 과거 일본처럼 '미국 회사에서 기술을 사들이고 해외의 확실한 수요자 없이도 수출한다는 생산전략'이었다. 결국 삼성은 일본 반도체의 성공전략을 벤치마킹했지만, 그들의 공격을 받자 미국 기술에 의존하면서 기사회생의 길을 걸었다.

그 후 삼성은 기술독립의 필요성을 뼈저리게 느끼고 자체 기술개발에 매달린 결과 진정한 성공을 거머쥐게 되었다. 국제시장에서 일본과 경쟁을 벌여 승리함으로써 마침내 세계 1위를 차지하고 초일류 기업의 반열에 서는 쾌거를 이룩한 것이다. 삼성의 이러한 성공은 국내 경제에도 막대하게 기여했고, 삼성 반도체는 1992년 처음으로 1위에 오른 이후 단 한 차례도 선두를 빼앗기지 않고 12년 연속 수출 1위의 자리를 지키고 있다.

이병철 회장은 기업의 부침이 심한 우리나라에서 50년간 사업가의 길을 걸어오며 재계 정상의 자리를 지켜 온 거목이다. 그는 일단 사업에 손을 대면 언제나 우리나라 제일의 기업으로 만들었고, 그의 손을 거친 물건만은 믿을 수 있다는 신화를 창조해 냈으며, 반도체 · 생명공학 등의 첨단산업으로 국제경쟁사회에서 '기술 한국'의 이미지를 부각시키는 데 성공했다.

2. 이병철의
기업가 정신

| 일류만의 리더십

열 길 물속은 알아도 한 길 사람 속은 모른다.

인류의 역사를 보면 모든 성공과 실패의 이면에는 음모와 야합, 권모술수와 배신이 존재한다. 이러한 인간 불신의 철학을 집대성해서 그에 대처하는 방법을 체계화한 사람이 한비자다.

동양의 마키아벨리로 불리는 한비자는 인간관계를 철저하고 냉엄하게 해부한 것으로 유명하다.

중국은 전란시대가 길고 평화시대는 짧았다. 수천 년 동안 드넓은 중국 대륙은 늘 영웅호걸들이 나타나 패권을 다투는 각축장이었고, 전란이 그치는 날이 드물었다. 한비자는 그런 춘추전국시대를 살았던 사람으로서 난세를 이기고 성공하는 법을 제시했다. 제갈공명은 유비의 아들 유선이 황태자에 책봉되었을 때, 『한비자韓非子』를 읽으라고 권했다. 최고의 지략가였던 제갈공명은 『한비자』에 기술되어 있는 조직의 리더가 갖추어야 할 인간경영의 지침을 제왕학의 근본으로 인정했던 것이다.

특히 『한비자』는 술述에 따른 부하 통솔 방법을 다음과 같이 제시하고 있다.

> 〈첫째, 공을 세운 사람에게는 상을 주고 실책을 범한 사람에게는 벌을 주는 권한을 확고히 정립하라.
> 둘째, 근무 평가는 엄격하게 하라.
> 셋째, 부하에게 좋고 싫은 감정을 드러내지 말라.
> 넷째, 가끔 부하에게 예기치 못한 질문을 던져라.
> 다섯째, 알고 있으면서도 모른 척하고 물어보거나 의도적으로 꾀를 내서 부하의 의중을 떠보라.〉

한비자의 이러한 부하통솔 방법은 수천 년간 중국을 비롯한 동남아 유교문화권에서 널리 애용되었고, 삼성을 일으킨 이병철 회장은 한비자의 대단한 신봉자이기도 했다.

『한비자』에서는 리더의 유형을 상·중·하 세 부류로 나누고 있다.

> 〈삼류 리더는 자신의 능력을 사용하고, 이류 리더는 남의 힘을 사용하며, 일류 리더는 남의 능력을 사용한다下君盡己能 中君盡人力 上君盡人能〉

이 말을 한비자는 "닭이 아침이 왔음을 알리고 고양이가 쥐를 잡듯이, 부하 개개인의 능력을 충분히 발휘할 수 있게 이끌 수 있으면 지도자가 직접 나설 필요가 없다. 지도자가 직접 자신의 능력을 발휘해도 부하의 능력을 끌어내지 못하면 일을 원활히 진행할 수 없다"고 설명하고 있다.

그런 점에서 이병철 회장은 남의 능력을 최대한 사용한 리더라 할 수 있다. 그는 삼성을 경영하는 50년 동안 단 한 번도 서류에 결재를 하거나 수표에 도장을 찍지 않았다.

그는 사업초기에는 지배인에게 그 일을 맡겼고, 대그룹을 이룬 후에는 계열사 사장들에게 그 일을 위임했다. 그의 이러한 용인술은 『한비자』의 다음과 같은 말을 좌우명으로 삼고 배운 덕인 것 같다.

〈한 사람의 힘으로는 다수의 힘을 이길 수 없다. 한 사람의 지혜로는 만물의 이치를 알기 어렵다. 한 사람의 지혜와 힘보다는 온 백성의 지혜와 힘을 쓰는 것이 낫다. 물론 한 사람의 생각만으로 일을 처리해도 성공하는 경우도 있지만 피로가 너무 클 것이고 실패할 경우 엉망진창이 되고 만다.〉

그는 '인사는 만사'라는 말을 즐겨 했고, 유능한 인재를 얼마나 확보하고 키워서 얼마만큼 효과적으로 활용하느냐에 기업의 성패가 달려 있다고 역설했다. 그의 이러한 용인술은 사업 초창기부터 그 빛을 발했다.

그는 서울에서 이룬 모든 것들을 한국전쟁으로 잃은 뒤 대구로 내려갔고, 자신이 경영을 맡겼던 대구 사업장 조선양조에서 3억 원이나 되는 목돈이 비축되어 있다는 보고를 받고는 감격의 눈물을 흘렸다. 그는 그 자금 덕분에 피난지인 부산에서 삼성을 재건할 수 있었다. 그것은 그야말로 일단 채용하면 믿고 맡기는 이병철의 용인철학이 연출한 극적인 한 편의 드라마이자 승리였다.

그는 죽을 때까지 이 이야기를 하며 "나의 일생은 한마디로 무슨 사업을 할 것인가, 그리고 그것을 누구에게 맡길 것인가 골몰하는 것이었다"고 회상했다.

｜기업은 사람이다

이병철 회장은 한국의 기업인 중에서 탁월한 인재들을 가장 많이 배출해서 한국경제사의 흐름을 바꾸어 놓은 주인공이다.

'의심나는 사람은 쓰지 말고 쓰는 사람은 의심하지 말라'는 정신이 투철했던 그는 사람을 아무나 쓰지 않았다. 그 대신 사업을 운영할 수 있는 지도력과 능력이 있다고 판단되면 완전히 책임을 맡겨 자신의 역량을 충분히 발휘할 수 있게 배려를 아끼지 않았다.

그는 어떤 임무를 주어서 그 일을 완수하는 정도에 따라 신상필벌信賞必罰을 엄격히 적용했다. 그런 원칙이 있었기에 오늘날 삼성이 '인재양성소', '인재사관학교'라고 불리는 영예를 안을 수 있게 된 것이다.

그는 평생 이러한 인재제일주의에 철저했다. 그는 기업이 성공하는 요체는 인간관리이며, 인사가 성공하면 기업은 당연히 성공한다는 확고

한 철학을 지닌 사람이었다. 그에 따라 창업 이래 일관되게 합리적으로 인재를 선발하고 교육시킴으로써 '인재의 삼성'이라는 전통을 확립했던 것이다.

그는 첫째, 항상 문제의식을 가지고 끊임없이 새로운 아이디어를 창출해 내는 사람을 좋아했다.

아이디어가 많은 사람은 항상 새로운 것을 탐구함으로써 조직에 활력을 주고, 나아가서 그 사람의 아이디어 하나가 기업을 발전시키는 요인이 되기도 하기 때문이다.

둘째, 그는 적극적이고 실천력이 강한 사람을 좋아했다.

시시각각 변하는 현대의 기업환경 속에서 어떠한 난관에 부딪치더라도 좌절하지 않고 기업을 이끌어 나갈 수 있는 대담한 의지와 굳센 정신력을 가진 사람을 그는 원했다.

셋째, 그는 책임감과 동료의식이 강한 사람을 좋아했다.

혼자 똑똑한 천재보다는 맡은 바 자기 일을 빈틈없이 처리하고, 남들과도 잘 어울리며 협조를 아끼지 않는 합리적인 사람을 인재라고 생각했던 것이다.

그는 이 세 가지 조건을 갖춘 사람을 인재로 규정했고, 면접 때는 그런 점에 중점을 두고 사람을 뽑았다. 그는 그렇게 공채로 뽑은 직원들을 마치 자식처럼 대하며 물심양면으로 그들의 성장을 도왔다.

1980년 7월, 이병철 회장은 한 경제단체에서 '기업이란 과연 무엇인가'에 대해 이렇게 이야기했다.

"기업은 사람이다. 기업은 문자 그대로 업을 기획하는 것이다. 그런데 세상의 많은 사람들은 사람이 기업을 경영한다는 이 소박한 원리를 잊고 있는 것 같다.

세상에는 돈이 돈을 번다는 말이 유포되고 있지만, 돈을 버는 것은 돈이나 권력이 아니라 사람인 것이다."

그는 '기업이 곧 사람'이라는 원칙을 반세기라는 결코 짧지 않은 시간 동안 견지함으로써 한국에서 전문경영인의 시대를 열었고, 자원이 일천한 한국에서 인적자원을 통한 경제발전의 비전을 제시한 기업가로 평가받고 있다. 그는 어떻게 사람에게 일을 맡기는가, 어떻게 사람을 움직이는가에 대해서는 달인의 경지에 도달한 사람이었다.

그가 배출한 유능한 경영자로는 제일제당의 사장을 지낸 경주현, 삼성물산 사장 이창업, 삼성물산 부회장 정재은, 삼성전자 부회장 윤종용, 삼성전자 부회장을 지낸 강진구, 신세계백화점 사장 구학서, 한국투자신탁증권 사장 홍성일, 동부그룹 부회장 이명환, 삼성테스코 사장 이승한, CJ쇼핑 대표 조영철, 삼성 전략기획실장 겸 부회장 이학수 등이 있다.

이들은 모두 쟁쟁한 재계의 거목들이다. 이병철 인재사관학교가 배출해 낸 이들의 면면만으로도 오늘날 삼성의 인재경영의 위력을 짐작하고도 남는다.

| 기회를 절대로 놓지 마라

이병철 회장은 굴러 들어오는 기회를 절대로 놓치는 법이 없었다. 그는 무리하지 않으면서 일을 추진했고, 하면 된다는 것을 알고 있었다. 흔히 삼성 하면 안전 위주의 사업만 펼쳐 온 것으로 알고 있는데, 그것은 그가 젊은 날의 실패 경험 때문에 투기성사업에는 쉽게 손을 대지 않았던 탓이다.

그러나 그는 시대의 변화와 그 흐름을 예민하게 포착하는 안테나를 가지고 있었고, 확실하다는 판단이 설 때면 반도체사업에서 볼 수 있듯이 과감하게 전사적全社的 운명을 건 투자를 시도했다.

한때 소비재산업으로 돈을 벌어들였다는 비난을 받기도 했지만, 해방 이후 삼성만큼 과감하게 제조업에 투자를 한 회사도 그리 많지 않다. 삼성은 제일제당, 제일모직, 한국비료 등 그 시대가 요구하는 굵직한 제조업에 손을 대면서 한국이 산업국가로 발돋움하는 데 크게 기여했다.

그리고 그는 인생 말년에 전자와 반도체사업이라는 명운을 건 대도박을 시도했고, 커다란 성공을 거둠으로써 삼성이라는 이름을 전 세계에 드날리게 되었다. 그것은 미래는 전자와 반도체, 컴퓨터의 시대가 될 것이라는 직관의 승리였다고 할 수 있다.

또한 그것은 반도체사업이 환경오염 부담이 있는 독성 화학물질인 소량의 유독가스를 배출한다고 일본 반도체회사에서 잠시 주저하던 당시의 상황이 잘 맞아떨어졌기 때문이기도 했고, 일본 반도체회사의 화재와 대만의 지진 등 운이 따라 주었기 때문이기도 했다.

1983년 그가 반도체사업에 사운을 건 투자를 결정했을 때, 누가 한국이 세계제일의 반도체 생산국가가 되리라고 상상이나 했겠는가?

그가 경영자로서 높이 평가받는 것은 사업을 조정하는 능력은 물론, 미래를 내다보는 예지와 언제나 한 걸음 앞서 가면서 시대를 주도하는 도전적 의지를 갖췄기 때문이다. 또한 기업경영에 대한 무한추구의 집념 때문이다.

사업을 시작하는 사람에게 그는 다음과 같은 조언을 하고 있다.

"어떤 사업을 할 것인가를 걱정할 때 가장 신경을 써야 하는 것이 우리 상품 또는 우리가 제공하는 서비스를 사 줄 사람이 있느냐입니다. 예전에는 국내시장만 생각해도 됐습니다만, 요즘 와서는 세계시장을 생각해야 합니다. 어디에 살고 있든 간에 사 줄 사람이 있느냐가 가장 중요합니다. 사 줄 사람이 있다는 것은 어떤 물건이 그 사람에게 꼭 필요하고 동시에 살 돈이 있어야만 한다는 말입니다. 아무리 좋고 필요한 물건이라도 살 돈이 없으면 그림의 떡이 되고 맙니다."

한마디로 말해서 사업에는 자금과 그 분야에 대한 전문적인 지식, 성공하고 말겠다는 의지가 뒤따라야 한다는 것이다.

| 제일주의

제일주의는 이병철 회장의 경영철학을 관통하는 화두였다. 우선 삼성

하면 인재제일주의, 품질제일주의, 신속한 서비스 등 몇 가지 이미지가 떠오른다.

이 제일주의는 70여 년에 달하는 삼성의 역사를 이루는 삼성 정신이자, 이미지이기도 하다. 삼성은 창업주인 이병철 회장 시절부터 치밀하게 그런 이미지를 심어 왔고, 또한 그들이 벌인 사업에서 대개 일등을 함으로써 제일이라는 이미지를 공고히 했다.

이병철 회장은 해방 이후 산업의 불모지였던 우리나라에서 제일제당과 제일모직을 설립해 근대산업의 첫 장을 열면서 설탕도 제일, 모직도 제일, 골프장도 제일, 모든 것을 제일주의로 내세우면서 크게 성공을 거두었다.

그는 가장 싸게, 가장 좋게, 가장 먼저라는 세 가지 방법을 제시하면서 이렇게 말했다.

첫째, 남도 똑같이 만드는 상품을 누가 가장 싸게 만드느냐.

둘째, 값도 똑같다면 누가 가장 좋은 품질의 상품을 만드느냐.

셋째, 품질도 다 똑같다면 누가 남보다 앞서 만드느냐. 이런 정신을 가지고 있지 않고서는 선진국 대열에 끼어 경쟁할 수 없다.

이러한 신경영 선언은 사원들로 하여금 최대한 자신의 역량을 발휘하게 만들었고, 인재의 삼성·제일주의 삼성이라는 기업문화를 만들어 냈다.

삼성 하면 떠오르는 인재제일주의, 품질제일주의, 신속한 서비스 등 몇 가지 이미지는 이병철 회장이 남기고 간 업적이자 비전이다.

이병철 회장의 자서전인 『호암자전』에는 그의 기업가 정신이 이렇게 정리되어 있다.

〈해방 후의 혼란 속에서 정치도, 경제도 갈피를 잡지 못했고 국민의 생활은 심한 물자 부족으로 빈궁하기 짝이 없었다. 그러나 이제부터는 자주독립국가의 경제건설에 응분의 소임을 다해야 한다. 정치를 확실히 안정시키려면 우선 경제를 안정시켜야 한다. 이렇게 되면 민생도 안정된다. 민생과 경제, 정치는 삼위일체라 서로 적절하게 보완하고 결합돼야 국가 사회의 발전이 비로소 약속되는 것이다. 이런 각성이 그 후 기업을 일으키고 경영함에 있어서의 일관된 나의 기업관이 되었다.

기업가는 기업을 구상하여 그것을 실현시키고 합리적으로 운영하면서 국가가 무엇을 필요로 하는가를 파악하여, 새로운 기업을 단계적으로 일으킬 때 더없는 창조의 기쁨을 가지는 것 같다. 그 과정에서의 흥분과 긴장과 보람, 그리고 가끔 겪는 좌절감은 기업을 해 본 사람이 아니고서는 알 수 없을 것이다. 황무지에 공장이 들어서고 수많은 종업원들이 활기에 넘쳐 일에 몰두한다. 쏟아져 나오는 제품의 산더미가 화차와 트럭에 만재되어 실려 나간다. 기업가에게는 이러한 창조와 혁신감이 생동하는 과정을 바라볼 때야말로, 살고 있다는 것을 다시금 확인할 수 있는 더없이 소중한 순간일 것이다.

—이병철, 『호암자전』 중에서〉

이건희 시대 2

What makes SAMSUNG one of the world's leading compenies?

제3장
이건희의 신경영

"삼성은 아날로그 시대에서 디지털 시대로 넘어가는 거대한 파고를 헤쳐 나가기 위하여 디지털 기술을 핵심 역량으로 세계 초일류상품을 확대하는 등 명실상부한 뉴밀레니엄 프론티어를 추구하고 있습니다. 과거의 틀을 깬 '신경영'의 최대 목표는 세계 초일류 기업이 되는 것입니다."

_이건희 회장

What makes SAMSUNG one of the world's leading compenies?

1. 제2 창업 선언

|후계자 이건희

　1987년 11월 19일, 강력한 카리스마로 50년 동안 삼성을 이끌어 오던 창업주 이병철 회장이 세상을 떠났다. 그 뒤 12일 만인 12월 1일, 창업주의 3남이자 그룹 부회장인 46세의 젊은 회장이 삼성의 2대 회장에 취임했다. 많은 사람들이 그를 과연 한국 최고의 기업집단을 잘 통솔해 나갈 수 있을지 우려의 시선으로 바라보았다. 선대 회장이 이루어 놓은 업적이 지대하고 그의 카리스마가 곧 삼성이라고 할 만큼 대단한 위력을 지녔기에 더욱 그런 우려를 낳았다.

　거기에 신임 회장은 장남이 아니라 3남이라는 약점을 가지고 있었다. 물론 선대 회장이 자기 이후의 일을 잘 마무리해 놓긴 했지만 엄연히 황태자 격인 장남이 살아 있었기 때문에 세인의 주목을 끌기에 충분했다. 유교적 전통과 장자승계가 원칙인 한국에서 3남이 대권을 승계한 것은 양녕대군, 효령대군 대신 3남인 충녕대군을 택한 태종의 결단처럼 받아들여졌다.

하지만 이병철 회장은 70년대 초에 이미 '3남 후계' 방침을 확정하고 강도 높은 후계자 수업을 진행했다. 3남을 후계자로 지명한 이후 무려 21년 동안이나 경영수업을 시킨 것이었다. 이사였던 이건희는 사장단 회의에 참석했을 때도 발언을 자제해야 했고, 반도체를 포함한 첨단·일류 분야를 공부하는 등 '황태자 수업' 이라고 불리는 혹독한 경영수업을 받았다. 그는 1978년 삼성그룹 부회장으로 승진한 이후, 회장실 바로 옆방에서 근무했다. 그는 아버지의 스케줄에 맞추어 그림자처럼 수행하며 황태자 교육을 받았고, 용인에 있는 아버지 숙소로 가서 취침을 확인한 후 귀가하는 생활을 계속했다.

이를 통해 그는 큰 그림을 그리는 능력, 즉 핵심파악력·조직장악력·사업집중력·카리스마 등을 갖게 됐다. 같은 2세 경영자이지만 대부분의 2세들이 수성 전에 공격부터 한 것과 달리 그는 수련→정비→축성→공격의 전법을 순서대로 밟아 갔다.

선대 이병철 회장은 『호암자전』에서 3남 이건희에게 대권을 승계하게 된 배경을 이렇게 밝혔다.

〈장남 맹희는 주위의 권고와 본인 희망대로 그룹 경영을 일부 맡겨 봤지만 6개월도 못가 맡겼던 기업은 물론 그룹 전체가 혼란에 빠지고 말았다. 둘째 창희는 그룹 산하의 많은 사람을 통솔하고 복잡한 대조직을 관리하는 것보다는 알맞은 회사를 건전하게 경영하고 싶다고 희망해 희망대로 해 주었다. 셋째는 와세다대 1학년 때 중앙매스컴을 맡아 보라고 했더니 본인도 좋다고 했는데 조지워싱턴대 유학을 마치고 돌아와서는 그룹 경영에 차츰 참여하기 시작했다. 내가 겪은 기업경영이 하도 고생스러워 중앙일보만 맡았으면 하는 심정이었지만 본인이 하고 싶다면 그대로 놔두는 것이 옳지 않을까 생각했다.)

수많은 기업들이 생겨났지만 30년을 넘은 기업이 드문 것이 현실이다. 세계기업들의 평균수명을 따져 볼 때, 30년이 지나면 80%의 기업이 사라진다는 통계수치만 보더라도 기업을 한다는 게 얼마나 어려운 일인지 알 수 있다.

삼성의 경우 3남인 이건희 회장이 삼성호라는 거함의 지휘권을 이양받았지만, 맞수 기업이었던 현대처럼 '왕자의 난' 같은 요란한 잡음은 없었다. 그것은 창업주 이병철 회장의 치밀한 성격 탓일 수도 있는데, 온갖 어려움 속에서도 사후 문제를 풀어 나갈 수 있게 미리 정리를 잘해 두었던 것이다.

창업 1대에서 거대한 부나 사업을 이룩했더라도 자손들이 이어받아서 몇 대에 걸쳐 부귀영화를 누리는 경우는 매우 드물다. 창업자는 자신이 일으킨 사업의 요체를 정확히 파악하고 있고 많은 경험이 축적되어 있어서 어떤 난제가 생길 때 적절히 대응하고 위기를 넘길 수 있다.

하지만 창업 2대는 그렇지 못한 경우가 허다하다. 대개의 경우 창업자의 자손들은 창업자보다 더 좋은 교육을 받고, 더 논리적이며, 더 좋은 품성을 타고난다. 하지만 사업은 지식이나 품성만으로 이루어지는 것이 아니기 때문에 그들이 수성을 이루어 내는 경우는 극히 드물다. 한

마디로 말해서 창업도 어려운 일이지만 그만큼 수성도 어려운 것이 사업이다.

|제2 창업 선언

20세기를 산업화 시대라고 한다면 21세기는 지식정보화 시대라고 할 수 있다. 특히 한국은 20세기 후반에 산업화를 시작하여 21세기 지식정보화 사회에 선착한 좋은 예다.

한국 최고의 기업군을 이루고 있는 삼성의 경우 창업주인 이병철 선대 회장 체제를 산업화 시대의 체제였다고 한다면, 그 뒤를 이은 현 이건희 회장 체제는 지식정보화 시대의 체제라고 할 수 있다.

산업화 시대와 지식정보화 시대는 전적으로 다른 시대다. 그래서 1987년 선대 회장의 뒤를 이어 삼성호의 지휘권을 인계받은 이건희는 무엇인가 크게 어긋나 있다는 것을 깨닫게 되었다.

당시 삼성은 국내에서 가장 잘나가는 기업이었다. 삼성의 매출은 국내 1위를 달리고 있었고, 삼성인들의 자부심은 그 어느 때보다 높아 보였다. 그러나 삼성호의 키를 잡은 새로운 선장은 고개를 갸우뚱했다. 삼성은 국내 제일의 기업이라고 하지만 그가 보기에 많은 문제점을 안고 있었다.

우선 삼성의 대표적인 기업 삼성전자만 해도 3만 명이 만들어서 6천

명이 수리를 하고 다녔다. 당시 사람들은 신속한 애프터서비스가 삼성전자의 강점이라고 했지만, 신임 회장이 보기에는 커다란 문제점이 아닐 수 없었다.

"잘한다는 삼성이 왜 이것밖에 못 만들고, 그것밖에 못 받느냐. 우리 삼성은 분명히 2류다. 지금은 죽느냐 사느냐 할 때이다. 단지 더 잘해 보자고 할 때가 아니다."

이건희 회장은 새롭게 각오를 다지고 회장이 된 이듬해인 1988년 제2 창업 선언을 하고, 인간중심·기술중시·자율경영·사회공헌을 경영의 축으로 삼아 '세계 초일류 기업으로의 도약'을 그룹의 21세기 비전으로 제시하며 대대적인 구조조정에 들어갔다. 전자와 반도체, 통신을 하나로 합병했으며 선대 회장 시절 막강한 정보력과 권한을 자랑했던 비서실부터 대대적 개혁을 시작했다.

그는 대부분의 오너들이 알면서도 엄두를 못 내던 원론을 추구해 나가기 시작했다. 예컨대 단기간의 수익이나 매출에 급급하지 말고 세계 최고 제품을 만들어야 한다는 것. 그리고 고객만족도를 높이기 위해 애프터서비스만큼은 철저히 하라는 것 등이었다.

이런 원론 추구는 대대적인 개혁으로 이어졌다. 이건희 회장은 경영의 효율성을 높이기 위해 그때까지 분리되어 있던 전자, 반도체, 통신을 삼성전자 산하로 합병하고 유전공학, 우주항공 분야의 신규사업을 추진하는 단안을 내렸다. 또한 재무, 총무, 인사, 경리 등 관리부서가 주축이던 그룹 내 권력 중심을 반도체 휴대폰 TFT－LCD 등 기술부서에 분산

시켰다.

아울러 그는 삼성인 개개인은 모두 훌륭하지만 의사소통이 잘 안 되고 있다는 것, 너무 급하게 결과를 얻으려고 해서 진정한 연구가 이루어지지 않고 있다는 것, 그러면서도 한국에서 제일이라는 쓸데없는 자만에 빠져 있다는 것을 간파하고 여러 차례 지시를 내렸다.

2. 이건희의 위기의식

| 삼성병

그런데 여러 해가 지나도 50년 동안 굳어 온 삼성의 체질은 쉽게 바뀌지 않았다. 삼성의 가장 큰 병폐는 삼성이 제일이라는 자만에서 나오는 이른바 '삼성병'이었다. 삼성인들은 삼성 제품이 세계시장에서는 싸구려로 찬밥 대접을 받고 있는 것도 모르고 국내 제일이라는 헛된 망상에 사로잡혀서 개선의 의지조차 보이지를 않았던 것이다.

이건희 회장은 자신이 이끄는 삼성이 3류 기업으로 전락할지 모른다는 불안을 떨쳐 버릴 수 없었다. 그 당시를 그는 이렇게 회고하고 있다.

"회장으로 취임한 이듬해, 제2 창업을 선언하고 변화와 개혁을 강조했다. 그러나 몇 년

이 지나도록 변하는 것이 없었다. 50년 동안 굳어진 체질은 너무도 단단했다. 삼성이 제일 이라는 착각에서 벗어나지 못했다. 특히 1992년 여름에서 겨울까지 나는 불면증에 시달렸 다. 이대로 가다가는 삼성 전체가 사그라질 것 같은 절박한 심정이었다. 체중이 10킬로그 램 이상 줄었다."

그 후 이건희 회장은 세계 각국을 순방하면서 세계시장에서 삼성이 차지하는 초라한 위상을 확인하고, 절대절명의 위기감 속에서 새로운 변신을 시도하게 된다.

| 새로운 패러다임의 시대

산업화 시대의 기업가들은 열심히 제품을 만들고 사업에만 신경을 쓰 면 모든 것이 절로 이루어지는 시대를 살았다. 그들은 자사의 이사회를 거의 완벽히 통제하고 있었고, 소비자들은 물건만 제대로 만들어 주면 불만이 없었으며, 정부나 언론도 거의 기업가의 편이었다. 선대 회장 시 절 삼성은 거의 그런 길을 걸었다.

하지만 2대 회장이 취임한 이후 모든 것이 바뀌어 갔다. 산업화 시대, 즉 굴뚝산업이라고 불리는 제조업의 시대가 저물고 컴퓨터, 인터넷으로 대변되는 지식정보화 시대가 도래하고 있었던 것이다.

산업 사회에서 지식정보화 사회로의 전환은 거의 모든 것의 변화를 의미했다. 지식정보화 시대는 모든 정보가 공개되고 공유되는 시대이다. 그것은 기업의 경우도 예외가 아니어서 많은 부분에서 기업은 소비자, 시민단체, 언론의 견제를 받기 시작했다.

특히 지식정보화 시대의 CEO들은 모든 면에서 자유롭지 못하다. 그들의 일거수일투족은 언론, 주주, 사원들에게 노출되어 있고, 심지어 사생활마저 검증받아야 할 단계에 이르고 있다. 또한 사업은 거의 무제한의 경쟁 속에 돌입하여 오늘날의 CEO들은 전 세계를 쉴 새 없이 돌아다니며 비즈니스에 몰입해야만 자리를 보존할 수 있다.

오늘날의 기업은 좋은 제품을 만드는 것만으로는 충분하지 않으며 더 멋진 제품, 더 혁신적인 기능을 가진 제품을 만들어야만 소비자에게 어필한다. 그들의 경쟁자는 국내 기업이 아니고 세계 초일류 기업인 경우가 많다.

제2 창업 선언을 하고 5년 동안 삼성호를 이끌던 새 선장은 점점 더 큰 위기감을 느끼기 시작했다. 그는 새로운 패러다임의 시대가 목전에 도래하고 있음을 간파하고 그에 대처할 방법을 암중모색하기에 이른다.

3. 신경영 선언

| 후쿠다 보고서와 신경영 선언

이건희 회장은 회장 취임 6년째를 맞은 1993년 6월 7일, 독일 프랑크푸르트에서 '나부터 변해야 한다'는 취지의 그 유명한 '신경영 선언'을 하기에 이르렀다.

삼성의 신경영은 당시 일본인 고문이었던 후쿠다 씨가 제시한 '후쿠다 보고서'가 크게 작용했음은 잘 알려진 사실이다.

그해 6월 6일 후쿠다 고문은 프랑크푸르트로 출장을 떠나는 이건희 회장에게 "비행기 안에서 읽어 보라"며, 사직서와 함께 15장 정도의 '회사를 그만두는 이유'를 담은 서류를 주었다. '후쿠다 보고서'의 중심 내용은 자신이 제안한 게 하나도 먹혀들지 않는 삼성 조직에 대한 애기들이 가득 차 있었고, 삼성이 일류 기업이 되기 위해서는 디자인과 상품 기획 실력을 더 키워야 한다는 지적이 들어 있었다. 삼성 디자인의 문제점을 낱낱이 지적한 그 보고서는 "삼성이 디자인 개혁을 이루지 않으면 삼성의 성장은 있을 수 없다"고 단언하고 있었던 것이다.

이 지적은 이건희 회장의 심중을 흔들었고, 마침내 '처자식만 빼고 모두 바꾸라'는 전사적 개혁 의지로 승화되었다.

마침 그때 공교롭게도 '세탁기 사건'이라는 유명한 사건이 동시에 터졌다. 1993년 6월 5일, 하네다 공항을 떠나려는 이건희 회장에게 SBC 삼성 사내방송팀이 비디오테이프 한 개를 전달했다. 그 테이프에는 세탁기 제조 과정에서 불량품이 나오고 있는데도 어설픈 응급조치를 하면서 생산되는 과정이 그대로 취재되어 담겨 있었다.

진노한 이 회장은 당시 출장 중이던 프랑크푸르트에서 비상경영회의를 열었다. 이때부터 이 회장은 이대로는 안 된다는 결론을 내리고 프랑크푸르트, LA, 런던, 오사카, 후쿠오카, 도쿄 등으로 1,800여 명의 임원을 불러들여 세계무대에서 삼성이 어떤 위치에 있는가에 대해서 350시간 대화를 했고, 특히 사장단과는 장장 800시간에 걸쳐서 삼성이 가져야 할 비전을 설파했다. 저녁 8시에 시작한 이 해외 간담회는 다음날 새벽 2시까지 이어지기 일쑤였다.

그해 6월 7일 프랑크푸르트에서 시작된 해외 간담회는 68일간이나 이어졌다.

이것이 이른바 '프랑크푸르트 선언'이라고도 불리는 '신경영 선언'

이다.

'나부터 변해야 한다'는 취지의 이 선언은 "처자식 빼고 다 바꾸자", "양 위주의 경영을 버리고 질 위주로 가자"는 메시지를 던지며 삼성 조직 전체에 대한 대폭적인 수술을 알리는 신호탄이 되었다.

신경영 선언은 한마디로 잘나가는 것으로 알고 있던 삼성인들에게 국내에서의 일등에 만족하며 희희낙락하던 우물 안 개구리임을 일깨우는 새로운 비전 제시였다.

신경영은 삼성의 색깔을 완전히 바꾸어 놓기 시작했다. 아울러 그가 쏟아 낸 말들은 '이건희 신드롬'으로 불리며 우리나라 경제계 전체에 큰 반향을 일으켰다.

이건희 회장의 리더십은 그때부터 빛을 발하기 시작했다.

그는 단순히 비전 제시에만 그치지 않았다. 그는 숨 쉴 틈 없이 가시적 실행조치의 지침을 내렸다. 7시에 출근하고 4시에 퇴근하는 7·4제, 불량품이 나올 경우 라인을 세우는 '라인스톱제도' 등 새로운 규범이 삼성인들을 강타했다.

"양과 질의 비중이 1 : 99도 안 된다. 0 : 100이다. 10 : 90이나 1 : 99로 생각한다면, 이것이 언젠가는 5 : 5로 간다. 한쪽을 0으로 만들지 않는 한 절대로 안 된다."

그는 이렇게 강조하며 신경영의 핵심 키워드를 '질을 높이는 경영'으로 잡았고, 질에 대해 확고한 의지를 보였다. 그는 불량품이 나올 경우 몇 개월이 걸리더라도 라인을 돌리지 못하게 했다. 완전한 제품이 나오기 전까지는 사재를 털어서 종업원들의 임금을 주겠다고 선언하기도 했다.

| 라인스톱제

그 후 불량제품이 나올 경우에는 아예 생산라인을 세우는 '라인스톱 제도'를 실시해서 제품의 불량을 근본적으로 없애는 진통 과정을 겪었다. 진정한 질경영을 위해서는 제품부터 최고의 상품을 만들어야 하고, 그러기 위해서는 단 한 개의 불량품도 용인해서는 안 된다는 결정을 내렸던 것이다.

이 회장은 불량품을 만들어 파는 것은 사기라고 말하면서, 1995년 당시 통화불만이 많던 휴대폰을 모두 수거해 리콜할 것을 지시했다. 그리하여 우리나라 전자산업 역사에 남을 그 유명한 '애니콜 화형식'이라는 일대 사건이 벌어졌다. 이 화형식에서 500억 원에 달하는 제품이 연기와 함께 순식간에 잿더미로 사라졌다. 그것은 삼성의 질質경영에 대한 강력한 의지를 상징하는 중요한 사건이었다.

그런 극약 처방이 있은 후, 우리가 앞에서 살펴본 '애니콜 신화'는 시작되었다. 애니콜 화형식 이후 그야말로 목숨을 건 기술개발 끝에 삼성 애니콜은 세계적인 브랜드 상품이 되었다.

이 회장은 이전부터 삼성전자에서 3만 명이 만든 물건을 6천 명이 고치고 다니는 것에 큰 불만을 가지고 있었다. 그는 불량률이 그렇게 높아서는 어차피 망할 것이니 라인을 세워서 불량품이 나오는 원인을 잡은 뒤 제품을 만들라고 지시했다.

"이대로 가다가는 2000년까지도 못 간다. 그러니까 망해도 좋다. 망하면 나의 사재로 여러분의 봉급을 주겠다. 1년간 문을 닫는 한이 있더라도 제품불량을 없애라."

그러한 이건희 회장의 확고한 결심 아래 라인스톱은 강행되었다. 그 후 삼성은 문제가 있으면 그 문제가 해결될 때까지 무조건 라인스톱을 감행했다. 그것은 1시간 만에 해결될 수도 있고, 어쩌면 하루, 일주일, 한 달이 걸릴 수도 있는 일이었다.

라인스톱제도가 시행된 뒤 공장 라인에서 컨베이어 벨트를 타고 부품이 지나갈 때 단 한 사람이라도 설비나 품질에 문제가 발생하면 즉시 벨을 누르게 되었다. 그러면 그 공정에 참여한 나머지 사람들도 같이 손을 놓아야 했다.

이렇게 라인을 스톱시킬 경우 단 며칠 사이에 생산량이 500만 대에서 300만 대로, 300만 대에서 100만 대로 기하급수적으로 줄어들게 되는 것이 현대식 공장라인이다. 그렇게 되면 시장수요를 맞출 수 없게 되고, 납기를 못 맞추면 신용이 떨어지며, 결국 매출과 이익이 줄어 회사가 망할지도 모르는 일이다.

이런 가운데서도 삼성의 정신을 바로 세우기로 작심한 이 회장은 근본적인 문제를 해결하는 것만이 삼성이 살아남을 수 있는 유일한 길이라고 믿고 라인스톱을 강행했다.

생산현장에서 라인스톱 사태가 벌어지면 사내의 CA-TV와 라인스톱 현황판에 그 내용이 경고신호로 나타난다. 그러면 해당부서의 설계·구매·기술 담당자들이 곧바로 현장점검을 해서 문제점을 찾아낸다. 그리고 그 부분의 부서장에게 보고해 해결방안을 찾아낸다. 그 결과 초기에는 실제로 라인스톱이 많이 이루어졌지만, 한 달이 넘게 문제가 해결되지 않는 라인은 없었다. 그래서 품질이 유지되었고, 불량품은 획기적으로 줄어들었다.

삼성은 현재 어떠한 라인이라도 불량품이 생기면 라인스톱을 단행하고 있다. 이것은 삼성경영의 변치 않는 확고한 방침이다.

당시 이 회장은 엔지니어 정신에 입각한 구체적 분석을 통해서 이런 지시를 내렸다.

"삼성이 생산하는 VTR의 부품이 도시바보다 30%나 많으면서 가격은 오히려 30%가 싼데 어떻게 경쟁이 되겠습니까? TV의 가로세로가 4대 3이나 16대 9가 아닌, 독창적인 와이드 제품을 만들어야 합니다. TV 브라운관이 볼록한데 평면으로 만드는 길을 찾아봅시다. 그리고 리모컨이 너무 복잡해요. 리모컨이 복잡한 것은 기술진이 사용자들의 편의를 생각지 않기 때문입니다. 손에 잡기 쉽고 간단히 온오프 기능만 있는 리모컨을 만드는 방안을 연구해 봅시다."

이 회장은 "라인스톱을 안 해서 생산성이 망하거나, 지금 시스템으로 망하거나 마찬가지"라고 했다. 결국 2년 만에 불량률이 선진국 대비 3.3배에서 1.1배로 줄어들었다.

삼성은 서비스 부문에서도 라인스톱을 실시하고 있다. 이를테면 삼성생명이나 삼성화재의 어느 지점이 불친절하다는 평가를 몇 번 받게 되면 그 지점은 문을 닫아야 한다. 그리고 일주일 동안 인력개발연구원에서 친절교육을 받고 난 뒤에야 다시 문을 열 수 있는 것이다.

삼성은 그 외에도 기업활동의 모든 요소를 계량화하고, 이를 고객의 관점에서 되짚어보는 것에서 출발하는 '6시그마운동'을 시행함으로써 양적 경영에서 질적 경영으로 사업 마인드를 일신했다.

6시그마운동이란 고객의 입장에서 품질의 결점적인 요소를 찾고 과학적인 기법을 활용해 100만 개 가운데 3, 4개 이상의 결점을 허용치 않는 '무결점 품질'을 달성한다는 것이다. 각 계열사에서 6시그마운동을 중점적으로 추진한 결과 세계 초일류 기업집단 삼성이라는 거함이 탄생되었다.

훗날 이건희 회장은 "신경영을 시작하지 않았으면 삼성이 이류, 삼류로 전락하거나 망했을지도 모른다는 생각이 들어 등골이 오싹하다"고 말했다.

| 선진제품 비교전시회

이건희 회장은 '양의 경쟁에서 질의 경쟁으로' 패러다임을 바꿀 것을 결심하고 발을 벗고 나섰다. 그는 전 세계를 돌면서 삼성 제품이 어떤 대접을 받고 있는가를 자기 눈으로 확인했고, 임직원들을 현장으로 불러들여서 가차 없이 질타하기 시작했다. 삼성 제품은 국내에서는 일류라고 하지만 국제무대에서는 중저가 제품에 지나지 않았던 것이다.

1993년 1월, 그는 삼성의 전자관련 사장단을 이끌고 LA 시내의 가전제품 매장을 둘러보다가 아연실색했다. GE, 월풀, 필립스, 소니 등 세계적 브랜드의 상품들은 매장 중앙에 전시되어 있었는데, 삼성 제품은 눈에도 잘 띄지 않는 구석에 먼지를 뒤집어쓰고 처박혀 있었던 것이다. 그는 삼성의 현주소를 거기서 읽었다.

당시 삼성 제품은 월마트 등의 할인점에서 중저가 제품으로 팔리고 있었을 뿐 블루밍 데일스나 노드스트롬 같은 고급 백화점에서는 제대로 취급하지 않고 있었다. 삼성 제품은 누가 보아도 세계 일류상품들에 비해 기능이나 디자인 면에서 뒤떨어져 있었다.

그는 이렇게 나가다가는 삼성이 세계 일류 기업이 되기는커녕 삼류로 몰락하고 말 것이라는 불길한 예감에 사로잡혔다. 그는 그해 3월, LA에 있는 센츄리플라자 호텔에서 '전자부문 수출품 현지 비교평가회의'를 열었다.

이 비교평가회의가 열린 200여 평의 홀에는 VTR, 냉장고, 세탁기, 에어컨 등 78가지에 이르는 경쟁사의 제품들이 삼성 제품과 나란히 전시되어 있었다. 여러 회사의 제품이 한자리에 모이자 제품의 디자인, 재질, 성능이 한눈에 비교가 되었다.

그는 나흘 동안이나 이 회의를 주재하면서 GE, 월풀, 필립스, 소니 등 세계 최고 제품의 디자인과 품질을 삼성 제품과 비교, 평가했다. 그는 제품의 겉모양만을 따진 것이 아니라 사장단이 보는 앞에서 삼성 제품과 경쟁사 제품을 하나하나 분해하면서 제품의 기능과 부품들의 차이점을 지적해 나갔다. 그 결과 삼성 제품의 문제점이 고스란히 도출되었다.

이 회의의 말미에서 그는 비장한 어조로 말했다.

"삼성은 지난 1986년도에 망한 회사입니다. 나는 이미 15년 전부터 위기를 느껴 왔습니다. 지금은 잘해 보자고 할 때가 아니라 죽느냐 사느냐의 기로에 서 있는 때입니다. 우리 제품은 선진국을 따라잡기에는 아직 멀었습니다. 2등 정신을 버리십시오. 세계제일이 아니면 앞으로 살아남을 수 없습니다."

이 말은 삼성이 국내 최고라는 자만심에 빠져 있던 삼성사장단들에게 폭탄선언처럼 들렸다. 그 후 그는 도쿄를 거쳐 프랑크푸르트로 날아갔고, 그곳에서 신경영 선언인 프랑크푸르트 선언을 하기에 이른 것이다.

그리고 전 삼성인을 벤치마커로 만드는 삼성 신경영이 시작되었다. 그는 삼성의 4천여 임원 모두에게 과제를 내주었고, 그 과제를 달성하지 못하는 사람은 옷을 벗을 각오를 하라고 단단히 못 박았다.

또한 850명에 달하는 최고경영진의 개혁을 위해 전문 CEO과정 교육을 실시했다. 이들은 국내외에서 각각 3개월간 교육을 받았는데, 특히 해외연수 중에는 해당 국가를 좀 더 잘 이해하게 하기 위해 비행기를 타지 말고 내륙으로 이동하며 그 나라의 실정을 파악하게 했다.

우선 수천 명의 임원과 엔지니어들이 세계 각지를 돌면서 핵심 일등 기업들에 대한 벤치마킹을 통해서 그들의 앞선 운영 시스템을 도출해 내는 데 주력했다. 그들은 자신들의 기술수준을 파악한 후 이를 세계 초우량기업의 수준과 비교해 격차를 측정하고, 그 격차를 조기에 축소시키는 전략을 기본전략으로 세웠다.

신경영의 개혁이 시작되고 2년 정도가 지나자 그 효과가 서서히 나타나기 시작했다. 세계 일등기업들의 노하우를 전수받아서 돌아온 삼성인들은 대상 기업의 장단점을 낱낱이 분석해서 삼성만의 것으로 만들었던 것이다. 그렇게 개발한 핵심기술은 우수한 품질의 상품 생산으로 이어졌고, 삼성의 국제경쟁력은 점차 높아지기 시작했다.

이건희 회장의 이러한 개혁 드라이브는 조직 전체에 일사불란함을 가져왔고, 7·4제를 비롯한 일련의 조치들로 삼성문화의 패러다임을 질 위주의 신경영시스템으로 완전히 바꾸는 변화를 가져왔다. 그 과정을 세밀하게 점검하던 그는 회심의 미소를 지으며 본격적인 삼성 브랜드 초우량화 작업에 들어갔다.

LA회의 이후 삼성은 해마다 외국 경쟁사의 제품과 삼성의 제품을 한자리에 모아 놓고 비교, 분석하는 '선진제품 비교전시회'를 열고 있다. 이를 통해 삼성 브랜드의 이미지를 높이는 여러 가지 방안을 연구하고 있는 것이다.

2004년 8월 16일, 삼성전자 수원사업장에는 '2004 선진제품 비교전시회'가 열렸다. 이 자리에는 이건희 회장과 전략기획실 이학수 부회장, 김인주 사장을 비롯해 삼성전자 대표이사인 윤종용 부회장과 이기태·황창규·이상완·임형규·최지성 사장 등 삼성전자 각 계열사 사장들이 참석했다.

또한 삼성SDI 김순택 사장, 삼성전기 강호문 사장, 삼성코닝 송용로 사장, 삼성테크윈 이중구 사장 등 관계사 경영진 20여 명과 삼성 임직원 2만여 명도 참여해서 69개 품목, 총 517개의 세계 유명제품을 둘러보았다.

디지털미디어, 정보통신, 생활가전, 반도체, LCD, 핵심요소기술, 홈네트워크, 디자인 등 총 8개 분야의 전시관이 들어선 820평 규모의 전시장에는 소니, 마쓰시타, 샤프 등 일본 제품과 GE, 인텔, 노키아 등 분야별 세계 최고기업 제품이 총망라되어 있었다.

이 자리에서 이건희 회장은 사장단에게 이렇게 당부했다.

"시장을 선도하기 위해서는 세계 초일류 제품과의 핵심기술과 기능·디자인 등의 장단점 차이 분석을 통해 우리의 위치를 파악하는 것이 중요합니다. 이를 위해서 우리는 기술개발R&D 투자를 과감하게 확대하고 핵심인력을 확보하는 등 소프트 경쟁력을 더욱 강화해야 합니다."

이러한 이건희 회장의 단호한 의지와 그를 뒷받침한 훌륭한 기업 시스템은 삼성을 일류로 발전시킨 핵심비결이었다.

삼성전자가 월드베스트 제품을 만들어 내고 세계적 IT기업으로 발돋움할 수 있었던 데는 그의 이러한 비교·분석 노력이 깃든 '비교전시 경영학'에 힘입은 바가 크다는 것은 이미 잘 알려져 있는 사실이다. 또한 삼성전자가 '엔지니어 천국'으로 불리고 있는 데는 다 그만한 이유가 있다고 볼 수 있다.

| 애니콜 화형식

삼성이 '애니콜 신화'를 일으키면서 애니콜을 세계적 브랜드로 만들기까지 걸어 온 길은 험난했다.

1993년 6월 이건희 회장은 독일 프랑크푸르트 선언 당시 삼성전자 무선사업부 이사였던 이기태를 불러들였다. 그 무렵 삼성은 기술의 벽에 부딪쳐서 불량품 단말기를 양산하고 있었다.

이 회장은 아주 심각한 어조로 말했다.

"이것은 위험 상황입니다. 일류만이 살아남는다는 것을 명심하세요."

그러나 이듬해인 1994년에도 불량품은 계속 생산되었다. 하루아침에 기술을 일류로 도약시키기에는 역부족인 듯했다. 당시 이 회장은 휴대폰을 반도체에 이어 삼성의 미래를 책임질 사업으로 생각하고 있었는데, 계속해서 불량품이 나오자 무척 화를 냈다. 그는 불량품을 만들어 파는 것은 사기라고 말했다.

"시중에 나간 제품을 모조리 회수해 공장 사람들이 보는 앞에서 태워 없애라고 하시오."

삼성은 회장의 지시에 따라 우선 5개의 무선전화기 모델 중 4개 모델의 생산을 중단하고 서비스센터를 통해 제품 회수에 들어갔다. 그렇게 해서 500억 원대의 제품이 리콜되었고, 우리나라 전자산업 사상 유명한 '애니콜 화형식'이라는 일대 사건이 벌어졌다.

1995년 3월 9일 오전 10시, 삼성전자 구미사업장 운동장.

비가 올 것만 같은 흐린 날씨에도 불구하고 2,000여 명의 직원들이 '품질확보' 라고 쓰여 있는 머리띠를 두른 채 운동장에 사업부별로 줄지어 서 있었다.

'품질은 나의 인격이요, 자존심!' 이라고 쓰여진 현수막이 걸려 있는 운동장 한복판에는 무선전화기를 포함해 키폰, 팩시밀리 등 15만 대의 제품들이 산더미처럼 쌓여 있었다. 잠시 후 그 거액의 물건들은 불길에 휩싸였고, 직원들의 비장한 한숨 속에서 순식간에 잿더미로 변했다.

그것은 삼성의 질경영에 대한 강력한 의지를 상징하는 중요한 사건이었다. 그런 극약 처방이 있은 후 '애니콜 신화' 는 시작되었다.

화형식이 있고 나서 삼성 기술진은 비장한 각오로 품질향상을 위해서 기술 확보에 나섰다. 이제는 애니콜 신화의 주인공이 된 이기태 사장은 세계 각지를 돌아다니며 당시로서는 일천한 원천기술을 찾았고, 국내에서 처음으로 러시아 기술자를 채용하는 등 특단의 조치들을 취한 끝에 더 나은 제품을 만들어 낼 수 있었다.

그리고 2004년, 삼성 애니콜은 10년도 안 되어서 모토롤라를 제치고 노키아에 이어 세계시장 점유율 2위를 달성했다. 삼성은 2010년에는 노키아를 제치고 세계 1위를 차지한다는 야심찬 계획을 세워 놓고 있다. 이건희 회장이 생각하는 경쟁력은 보다 좋게, 보다 싸게, 보다 빠르게다. 그는 "포커판에서 돈을 제일 많이 잃는 사람이 2등한 사람" 이란 점을 늘 강조하고 있다.

만약 그때 삼성이 애니콜 화형식이라는 특단의 조치를 취하지 않았더라면 애니콜 신화는 존재하지 않았을지도 모른다.

어쨌거나 이 회장은 이 기간을 통해서 '2세 경영자'에 따라붙는 세간의 우려를 말끔히 털어내고 삼성을 '글로벌 톱' 기업으로 키우며 세계가 인정하는 기업인으로 자리매김하는 데 성공했다.

4. IMF위기와 극복

ㅣIMF의 극복과 삼성의 도약

삼성의 신경영 효과는 한국경제가 사상 초유의 혼란에 빠졌던 IMF 시기에 나타났다. IMF라는 초강도의 펀치를 맞아 한국경제 전체가 휘청거릴 때 삼성도 다른 기업과 마찬가지로 잠시 허둥대기는 했지만, 다른 기업에 비하면 의연하게 IMF의 터널을 빠져나올 수 있었다. 그것은 삼성이 이미 신경영을 통해서 구조조정을 단행한 결과였다.

구조조정 결과 삼성인의 역량이 몇 단계 업그레이드되어 있는 상태였기에 역설적으로 말해서 삼성인은 이미 질을 중시하는 신경영을 통해 IMF를 준비해 둔 셈이 되었다. IMF시기의 구조조정은 삼성인에게는 결코 새로운 것이 아니어서 초기의 혼란을 거치면서 새로운 상황에 비교적 잘 적응할 수 있었고, 삼성을 다시 한 번 업그레이드시키는 계기가 되었다.

삼성의 신경영은 이런 과정을 거쳐서 지난 10년 동안 괄목할 만한 성과를 거두었다. 삼성그룹의 매출액은 1992년 35조 7,000억 원에서 2002년 137조 원으로 4배 정도가 증가했으며, 순이익은 같은 기간 2,300억 원에서 15조 원으로 무려 66배나 증가해서 질경영의 성과를 확실히 보여 주었다.

신경영을 통한 삼성의 개혁은 외환위기에 한발 앞서 구조조정을 단행한 원동력이 되었고, 삼성을 더욱 견실한 그룹으로 재탄생시킨 촉매제 역할을 했다. 그 후 신경영은 '이건희 신드롬'으로까지 불리면서 한국 경제의 외형 중시의 양적 사고를 품질과 기능을 중시하는 질 중시의 사고로 전환시키는 계기가 되었다.

IMF 사태로 삼성은 적자사업이나 비주력사업을 매각하고 정리하는 구조조정을 통해 재무구조를 건실하게 만들었다. 1997년 366%였던 부채비율을 1999년에는 166%로 낮추었고, 2000년대의 비약적인 발전에 힘입어 2003년에 이르러서는 부채비율이 56%로 현저히 낮아져 선진국의 초우량기업에 필적하는 수준에 이르렀다.

삼성은 IMF 외환위기를 성공적으로 극복하고 10년도 안 되는 짧은 기간에 디지털 융합 시대를 주도하는 초일류 기업으로 도약하는 전기를 마련했던 것이다.

ㅣ삼성의 새로운 기업문화

선진외국의 경우 우수한 기업문화를 갖춘 기업은 사용자와 근로자라는 단순한 관계를 떠나 모든 사원이 신뢰와 애정으로 엮여진 하나의 유기체를 이루는 경우가 많다. 그러므로 겉으로 보기에는 똑같이 상품을 생산하는 기업체로 보일는지 모르지만, 우수한 기업문화를 가진 기업체에는 눈에 보이지 않는 활력이 넘친다.

그런 의미에서 삼성은 IMF 외환위기를 성공적으로 극복한 이후, 우리나라에서 가장 우수한 기업문화를 만들어 가는 기업으로 자리 잡고 있다.

삼성인들의 의식 속에는 긍정적이고 진취적인 정신이 배어 있고, 자신이 속해 있는 회사에 대해 깊은 신뢰와 애정을 나타낸다. 아울러 어느 한 부서의 기쁨이 곧 전체의 기쁨으로 확산되는 끈끈한 사우정신, 상사와 부하들을 결속시키는 깊은 신의 등도 갖추어져 있다.

삼성은 회장이 월드베스트 제품 육성, 인재경영 등 한 방향으로 힘을 결집할 수 있는 경영화두를 제시하면 전략기획실과 싱크탱크인 삼성경제연구소가 협력해 전체적인 로드맵을 그린다. 그런 다음에는 임원들이 그 설정을 기준으로 삼아 전 구성원이 따르게 하는 독특한 기업문화를 형성해 나가고 있는 것이다.

삼성은 기업문화를 강화하기 위해 줄기차게 노력해 온 회사다. 원래 삼성을 정신적으로 이끌어 온 기업이념은 사업보국·인재제일·합리추구였다. 그러나 제2의 창업 선언과 신경영 선언 이후 이건희 회장은 삼성의 새로운 이념으로 세계제일·기술중시·인간존중을 제시했다.

이것은 글로벌 시대를 맞아 선택한 삼성의 새로운 비전과 전략을 보여 주는 개념들이다. 삼성은 초일류 기업으로 승승장구하면서도 끊임없이 이러한 기업문화에 적합한 개성과 역량을 보유한 인재의 확보, 육성을 위해 노력하고 있다. 오너 자신이 미래에 대한 확고한 비전을 제시하고 리더십을 발휘하면서 인간미, 도덕성, 에티켓, 효율, 보안의식, 충성심, 보이지 않는 곳에 대한 철저한 관리감독을 실현하는 것이 삼성 조직문화의 특징이다.

삼성의 기업문화는 아침 출근에서부터 시작된다. 삼성 직원들은 매일 아침 출근하면 사내에 설치된 CA-TV의 조회방송을 시청한 뒤 업무를 시작한다. 조회방송에는 회사에서 전하는 새로운 소식, 회장의 지시사항, 공지사항 등이 방송된다.

이때 중요한 사안이 있을 때는 각 계열사마다 사장이 직접 출연해 다소 어눌하지만 아주 친근한 어조로 회사의 새로운 방침이나 직원들에게 당부할 말, 개선해야 할 문제점을 알린다. 사원들은 화면으로 사장의 얼굴을 보며 메시지를 전달받기 때문에 직접 지시를 받은 듯한 기분으로 업무를 시작하게 된다고 한다.

사원들 또한 필요한 일이 있으면 방송에 참여해서 의견을 개진할 수 있는데, 회사에 바라는 점들을 톡 쏘는 말솜씨로 풀어내는 이들이 있어서 많은 사원들이 재미를 느끼고 있다. 그래서 조회방송은 이제 삼성의 문화로 자리 잡았다.

TV 방송은 다양한 정보와 자료를 단시간에 간략하게 전달할 수 있다는 점에서 경영자로서는 매우 좋은 대화매체일 수 있다. 또 직원들에게는 직장인의 자기계발이라든가 여가활용 방식을 알려 주는 정보의 공급처로서 사내 방송이 청량음료 같은 역할을 하고 있다. 회사마다 아침을 여는 분위기가 다르겠지만, 삼성 계열사들은 대체로 이렇게 아침을 시작한다.

또 점심시간을 보면 삼성의 기업문화를 알 수 있다. 황창규 삼성전자 반도체 총괄 사장의 경우 특별한 약속이 없는 한 점심식사는 기흥공장의 구내식당에서 직원들과 함께한다. 이곳에는 다른 회사와 달리 아예 간부식당이 따로 없다. '미스터 반도체'로 불리며 세계적으로도 유명한 CEO가 구내식당에서 상고 출신의 오퍼레이터들과 같이 식사를 하고 담소를 즐기는 것이 바로 삼성의 문화이자 정신이다. 이러한 상황은 다른 삼성 CEO들도 마찬가지라고 한다.

이렇게 직원들과 격의 없이 지내며 밝은 기업문화를 만들려고 노력하는 데는 이유가 있다. 구성원들을 회사의 이익에 자발적으로 동참하게 하고, 자신이 하는 일에 자부심 못지않게 책임감 또한 느끼게 하려는 것이다. 이러한 기업문화는 경영의 효율성과 성과를 높이는 데 결정적인 역할을 한다. 조직원들 간에 '공유되는 가치Shared Value'가 있는 회사는 모든 역량을 집중시킬 수 있고, 그 힘은 무한한 가능성을 보여 주기 때문이다.

　효율적이고 창의적인 조직을 만들기 위해서 일을 맡긴 사람에게 전적으로 권한과 책임을 부여하는 이건희 회장은 조직운용에 대해 이런 말을 했다.

　"아랫사람이 신바람 나게 일할 수 있게 해야 한다. 회의 시 토론이 실종된 채 일방적인 상의하달이 있어서는 안 된다."

　이병철 창업주가 관리형 CEO였다면, 이건희 회장은 성격이 정반대인 자율형 CEO에 가깝다고 볼 수 있을 것이다.

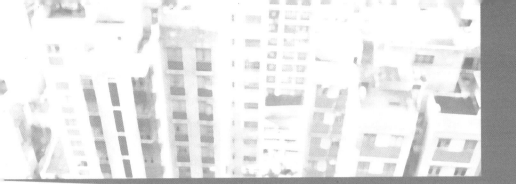

제4장
집중과 종합

"오늘날은 생산력이 중심이던 20세기와는 달리 마케팅, 디자인, 브랜드와 같은
소프트 역량이 한데 어우러진 복합 창조력을 요구하는 시대입니다.
따라서 우수한 인재를 모으고 연구개발에 집중하여 새로운 기술과 제품,
시장을 만드는 데 더 많은 힘을 쏟아야 할 것입니다. 이와 함께 신수종 사업을 찾는 일도
서둘러야 합니다. 디지털 시대 1년의 변화는 아날로그 시대 100년의 변화에 맞먹습니다.
더 이상 머뭇거릴 시간이 없습니다. 지금 우리를 대표하는 산업들은 순환의 고리를 따라
가까운 장래에 중국이나 인도, 동남아로 옮겨가게 될 것입니다.
고객과 시장의 흐름, 우리의 핵심 역량을 살펴 사업구조와 전략을 다시 점검하고
반도체, 무선통신의 뒤를 이을 신사업의 씨앗을 뿌려야 합니다."

_이건희 회장, 2007년 〈신년사〉에서

What makes SAMSUNG one of the world's leading compenies?

1. 제2 신경영 선언

| 제2의 신경영

삼성은 전 지구적 무한경쟁의 시대를 맞이해서 '신경영'과 IMF '구조조정'이라는 두 차례의 경영 혁신을 성공적으로 마무리함으로써 국내 일류 기업에서 세계 정상급의 기업으로 올라설 수 있었다. 이 과정에서 이건희 회장은 반도체·휴대폰 사업에 사운을 건 과감한 투자, LCD 사업의 공격적 경영 등 몇 차례에 걸쳐서 건곤일척의 승부수를 던졌다. 그것은 시대의 흐름을 누구보다 빨리 읽은 탓에 가능한 일이었고, 거기서 승리를 거머쥠으로써 시대를 선도할 수 있는 고지를 선점할 수 있었다.

2003년 6월 5일, 서울 신라호텔에서는 삼성의 신경영 10주년을 기념하는 사장단회의가 열렸다. 이 회의에서 삼성은 신경영의 성공을 자축하며, 이에 그치지 않고 더 높이 도약하기 위한 '제2 신경영'의 시작을 선포했다.

이날 삼성은 2010년까지 브랜드 가치를 700억 달러로 높이고 세계 일등제품을 50개 확보할 것과 '세계에서 가장 존경받는 기업'으로 성장하겠다는 중·장기 비전을 확정, 발표했다. 제2의 신경영 선포는 월드베스트 전략을 추진해 온 삼성이 초국적기업으로 도약하겠다는 의지를 밝힌 것이었다.

이건희 회장은 늘 기회가 있을 때마다 이렇게 말했다.

"21세기는 뛰어난 창조성을 지닌 소수의 천재들이 국가의 경쟁력을 좌우하는 두뇌경쟁의 시대가 될 것이다. 이제부터는 탁월한 한 명의 천재가 1천 명, 1만 명을 먹여 살리는 인재경쟁의 시대, 지적 창조력의 시대다. 한국의 새로운 도약을 위해서는 무엇보다도 재능이 탁월한 천재, 수재급 인재를 적극 발굴, 육성하는 것이 중요하다."

특히 그는 계열사의 최고경영자가 우수인재를 확보한 실적을 경영성과에 포함시키고, 이를 최대 평가항목으로 삼는다는 구상을 가지고 있다. 이는 삼성의 창업주인 이병철 회장이 주창한 '인재제일' 정신의 적극적인 계승인 셈이다.

이건희 회장은 삼성이 2000년대에 들어서 사상 최대의 경영실적을 올리고 있음에도 불구하고 조심스럽게 말한다.

"현재의 실적에 자만하다가는 언제든지 위기에 빠질 수 있다. 중요한 것은 5년, 10년 뒤에 무엇을 해 먹고살지 지금부터 대비해야 한다는 것이다."

이처럼 그는 미래에 대비한 준비경영을 누차 강조하고 있다.

2004년 삼성은 527달러의 수출, 19조 원의 이익을 올렸다. 이는 세계적인 기업인 인텔, 소니 등을 능가하는 실적으로서 이미 세계 초일류 기업의 반열에 올라섰음을 증명하고 있다. 세계적으로 순익 100억 달러 이상을 올리는 우량기업은 9~10개에 불과한데, 삼성은 2000년 이후 수년 동안 계속해서 그러한 실적을 올리고 있는 것이다.

그러나 삼성의 CEO들은 항상 위기의식을 가지고 끊임없이 혁신하지 않으면 살아남을 수 없다고 주의를 환기시킨다.

"가장 잘나갈 때가 가장 위험하고 그때 더욱 조심해야 한다. 모든 것이 급변하는 디지털 시대에 경영자는 내일 망할 수도 있다는 위기의식을 가져야 한다."

이는 윤종용 부회장의 말이다. 잘나갈 때일수록 고정관념과 타성에 젖지 말고 형식주의, 이기주의, 권위주의를 타파하라는 것이다.

이건희 회장도 아직 삼성이 초일류 기업으로 성장했다고 생각지 않는다. 그는 부단한 개혁을 통해서 전 부분에서 초일류를 이루는 진정한 글로벌기업이 되어야 한다고 다음과 말하고 있다.

"일반 제트기의 속력이 마하 0.9 정도로 음속의 조금 밑일 것이다. 그런데 이것이 음속의 2배로 날려고 하면 엔진의 힘만 두 배가 되면 가능한가. 천만의 말씀이다. 비행기를 둘러싼 모든 자질, 소재가 다 바뀌어야 한다. 재료공학부터 기초물리, 화학이 모두 동원되어야 하는 것이다. 그래야 일반 제트기에서 초음속 제트기로 넘어갈 수 있다. 마찬가지로 국내 기업이 세계적 수준으로 도약하기 위해서는 어느 한 부문이 아닌 전 부문의 철저한 변화가 수반되지 않고는 불가능하다."

2. 엔지니어링 경영

| 엔지니어 회장

"나는 어려서부터 수없이 많은 물건을 구매하여 뜯어보았다. 그 속을 보고 싶었기 때문이다. 나는 이러한 일을 누구보다도 많이 했다고 자부한다. 이러한 활동을 통하여 나는 사물의 외관이 던지는 의문에 대하여 겉모습뿐 아니라 그 이면까지도 들여다보는 훈련을 받을 수 있었다.

나는 사물의 본질은 그것에 대해 최대한 다각적으로 접근할 때 가장 분명하게 드러날 수 있다고 생각한다. 그것의 변화 가능성, 전체적인 문맥에서 가지는 의미 등을 여러 각도로 생각하는 것이다. 물론 이것이 본질에 이르는 유일한 방법은 아니겠지만 적어도 유력한 방법은 된다고 믿는다. 그래서 지금도 나는 TV를 세 번 이상 재미있게 보고도 TV 수상기의 내부에 관심이 없는 사람이라면 훌륭한 경영자라 할 수 없다고 생각한다."

이것은 이건희 회장의 인생철학과 경영관을 단적으로 보여 주는 말이다. 그는 일본 와세다 대학에서 경제학을, 미국 조지워싱턴 대학에서 경영학을 전공했다. 하지만 그는 직접 전자제품을 분해해 보고 조립하는 취미를 가진 탓에 오디오, VTR, 심지어 자동차마저도 뜯어보고 조립할 줄 아는 실력을 갖추게 되었다. 나아가 그 취미를 엔지니어링 경영에 접목시켜서 각 분야에서 전문가 못지않은 전문 지식을 갖추고 있다. 그는 세계 어느 경영자보다 과학기술을 중시하는 사람이고, 그러한 엔지니어 정신에 투철한 경영을 하는 것으로 알려져 있다.

그래서 이건희 회장은 이런 철학적인 말까지 남겼다.

"사물의 본질을 알지 못하면 주체적인 삶을 살 수 없다. 수동적인 존재, 겉도는 존재로 남고 만다. 가령 지하철을 타더라도 그 운행 원리를 알지 못하면 그것은 '타는' 것이 아니라 그것에 '태워지는' 것에 불과하다. 삶이란 언제나 그러한 것이다."

지난 1987년 이건희 회장이 취임한 이후 삼성전자에는 자연스럽게 엔지니어 CEO들의 전성시대가 도래했다. 이 회장은 "기술의 진행 방향을 아는 사람이 전자 CEO를 맡아야 한다"고 관리 부문 출신 사장을 테크노 CEO인 강진구 사장으로 교체했다. 그 후 삼성전자는 강진구⇨김광호⇨윤종용으로 이어지는 테크노 CEO들의 활약으로 반도체, 휴대폰, LCD로 이어지는 월드베스트 상품을 만들어 내 세계 초일류 기업의 대열에 선착하게 된다.

그는 미국 유학 생활 1년 반 동안 승용차를 여섯 번이나 바꾸었는데, 그 이유는 재벌 2세로서의 호사 취미라기보다 차를 보다 잘 알기 위해서였다는 사실은 잘 알려져 있는 일이다.

"제가 처음 산 차는 이집트 대사가 타던 차였어요. 새 차를 사 놓고 50마일도 안 뛰었는데 아랍전쟁이 터져서 본국으로 발령이 난 겁니다. 새 차가 6천 6백 불 할 땐데 그걸 4천 2백 불에 샀습니다. 그걸 서너 달 타고 4천 8백 불에 팔았습니다. 6백 불을 남긴 거죠. 또 미국인이 1년도 안 탄 걸 사서 깨끗하게 청소하고 왁스 먹여서 타다가 팔았죠. 이렇게 1년 반 사는 동안 여섯 번 차를 바꾸었는데 나중에 올 때 보니까 6~7백 불 정도가 남았더라구요. 우린 힘이 남을 때니까 청소를 잘해서 몇 달 타고도 팔 때는 더 비싸게 팔 수 있는 거죠 (오효진, '삼성 뉴리더 이건희 회장', _월간조선, 1989년 12월)."

사물의 본질을 알지 못하면 주체적인 삶을 살 수 없다는 것이 그의 지론이다. 그는 자동차를 6번이나 바꾸어 타면서 차에 대해서 잘 알게 된 탓에 오히려 이문을 남기고 그 생활을 즐길 수 있었던 것이다. 기업도 그처럼 다각적이고 입체적인 사고를 하면서 거듭나야만 주체적인 기업으로 살아남는다는 것이 그의 생각이다.

"제 성격이 여러 분야에 관심이 많아 파고들고, 또 세계일류라면 특히 관심이 많습니다. 심지어 사기전과 20범이라든지, 절도전과 20번이라든지…… 또 어떤 사람이 대한민국 1등이라면 전 만나 보고 싶고 얘기하고 싶고 그렇습니다(오효진, 앞의 글)."

| 기회를 선점하는 직관형 코드

이처럼 이건희 회장의 관심은 외양적으로 드러난 사실이나 현상보다

는 그 이면에 내재된 원리나 뜻을 파고드는 데 있었다. 그는 독특하고 새로운 것을 그냥 지나치는 법이 없었다.

미래에 대한 선견력과 비전 제시는 어느 날 갑자기 생겨나는 것이 아니다. 미래를 직관적으로 느끼고 기회를 선점하는 전략을 세우기 위해서는 무엇보다 관련 분야에 대해 전문적인 지식과 사고력을 갖추고 있어야 한다.

그는 청와대 정보팀에 뒤지지 않는다는 삼성 정보팀이 올려 주는 최신 정보를 매일 접하고 있으므로 미래의 경영이나 기술이 어떻게 변화하는지 알 수 있는 유리한 입장에 있다. 그에게는 휴대폰이든 오디오든 웬만한 첨단 기기를 직접 분해하고 조립할 수 있는 능력도 있다. 또 일본인 고문을 비롯한 각계 전문가와 수시로 대화를 나누며 상상력과 직관력을 키울 수 있는 위치에 있다. 그의 남다른 통찰력과 집중력은 그러한 여건 속에서 나온다고 볼 수 있다.

이처럼 이건희 회장의 직관형 코드는 IT산업과 딱 맞아떨어져서 삼성을 초일류 기업으로 키우게 만들었고 그를 시대를 선도하는 인물로 만들어 냈다.

그는 반도체에 이어서 LCD투자에 있어서도 과감한 결단을 내려서 LCD도 삼성을 먹여 살리는 효자산업으로 만들어 냈다.

삼성이 LCD에 본격적인 투자를 한 것은 일본 업체들보다 훨씬 늦은 1994년부터였다.

1995년부터 양산에 들어갔는데 불량률이 상상을 초월할 정도로 높았다. 내부에서조차 LCD사업에 발을 잘못 내디딘 게 아니냐는 불만이 터져 나올 정도였다. 하지만 그는 LCD를 삼성을 먹여 살릴 수종사업으로 선정하고 1995년 이후 반도체 호황으로 여력이 생긴 자금을 LCD에 집중 투입했다. 많은 사람들이 '위험한 선택'이라는 평가를 했지만 그는 LCD사업은 특성상 반도체사업처럼 '시간사업'이라고 규정하고, 당장의 불량률보다는 시간과의 싸움에서 이기는 것이 문제라고 설파했다.

과연 1997년까지 적자를 기록하던 LCD사업은 IMF직격탄을 맞고서도 빛을 발하기 시작했다. LCD수요는 늘어났지만 일본 업체들이 그동안 투자에 소극적이었던 탓에 공급이 달리기 시작했고 가격이 치솟았다. 삼성전자는 1999년부터 2000년까지 누적적자 3,000억 원을 충당하고도 1조원 이익을 내면서 일본 업체들을 추월하고 세계 1위의 업체로 등극했다.

그는 IMF 한파가 몰아친 1998년, 그해 신년사에서 자신의 생명, 재산, 명예를 포함한 모든 것을 던질 각오가 되어 있다고 선언하고 일류가 되지 않으면 살아남을 수 없다고 주장했다. 그것은 어떠한 난관이 있더라도 일등정신으로 세계를 제패하겠다는 자신감의 표현이기도 했다.

이건희 시대에 이르러 삼성은 기회 선점전략을 통해서 반도체, LCD, 휴대폰, 생명공학 등 첨단산업에 성공하여 비약적인 발전을 이룸으로써 국제경쟁사회에서 기술 한국의 이미지를 부각시키며 초일류 기업이 되었다. 그것은 일류만이 살아남는다는 것을 목청 높이 외치며 자신을 믿고 따라 주기를 바란 오너의 리더십이 있었기에 가능한 것이었다.

그는 선대 회장인 이병철의 위업을 이어받아 수성에 성공했을 뿐만 아니라 선대 회장을 능가하는 리더십을 발휘해 삼성을 세계적인 기업으로 키운 리더로 평가받고 있다. 그러한 성과는 이건희 회장의 시대와 사물의 내면을 꿰뚫어 보는 통찰력과 시대의 흐름을 내다보는 직관력이 기회를 선점하는 코드를 만들어 냈기 때문에 가능했던 것이라고 볼 수 있을 것이다.

| 삼성의 기술관리 시스템

정보기술의 급속한 발전은 정보와 지식이 결합된 지식기반사회를 만들어 냈고, 제조 부문뿐만 아니라 서비스 부문까지도 기술집약화하면서 기술의 향방을 예측하지 못하는 기업은 자연히 도태되는 시대가 되고 있다. 그래서 테크노 파워가 기업경영에 결정적 영향을 미치게 되었고, 기술과 경영능력을 동시에 갖춘 테크노 CEO들의 시대가 열렸다.

미래학자 레스터 서로우Lester C. Thurow는 신기술이 미래사회를 변화시킬 것이고, 그 주역은 바로 기술로 무장한 CTOChief Technology Officer : 최고기술경영자들이라 말하고 있다. 삼성전자가 초일류 기업으로 도약할 수 있었던 이유는 강진구 → 김광호 → 윤종용으로 이어지는 공학도 출신 테크노 CEO들의 기술경영이 큰 힘을 발휘했기 때문이라고 볼 수 있다. 2004년부터 삼성전자는 전사 CTO 자리를 신설하여 기술

중심의 경영에 대한 의지를 굳히고 있다.

야쿠시지 타이조 등 수많은 학자들이 '국가가 기술로 흥하고 망한다'는 '테크노 헤게모니Techno Hegemony' 론을 펴고 있다. 실제로 미국 IRIIndustrial Research Institute의 조사 결과 미국 기업의 45%, 유럽 기업의 49%가 테크노 CEO 체제를 갖추고 있는 것으로 나타나 테크노 파워가 산업계를 주도하는 시대가 열리고 있음을 보여 주고 있다. 기술변화를 따라가지 못하는 경영은 존재할 수 없는 시대가 도래하고 있는 것이다.

기술의 변화가 빠른 속도로 일어나면서 기술의 흐름을 예측하고 선도하는 기업은 생존하고 그러지 못하는 기업은 도태하는 시대를 맞아 이공계 출신 테크노 CEO들이 부상하는 것은 필연적인 대세라고 볼 수 있다.

삼성은 모든 회사들이 외환위기를 이유로 연구개발R&D 인력 및 비용을 줄일 때 핵심기술 확보를 위해서 오히려 투자를 늘렸다. 삼성전자의 경우 2005년 42개의 연구소에 전체 임직원의 30%가 넘는 2만 3,000명에 달하는 R&D 인력을 보유하고, 연간 3조 5,000억 원의 R&D 예산을 집행했다. 개별기업의 연구소 숫자로는 한국 기업 중 최대이며, 박사급 인력만 서울대 교수진보다 많은 2,000여 명에 달한다. 또 삼성전자는 연간 200여 명이 넘는 인력을 해외 유명연구소에 투입해 미래기술을 상용화하기 위한 프로젝트 교육을 실시하고 있다.

이건희 회장은 기회가 있을 때마다 이렇게 강조하고 있다.

"5년, 10년 후 명실상부한 초일류 기업으로 도약하기 위해서는 인재를 조기에 발굴하고 체계적으로 키워 내는 노력이 필요하다."

그가 향후 10년을 이끌 경영 키워드로 인재경영을 내세운 것은 세계 일류 기업들과의 경쟁에서 이기려면 핵심인재의 확보가 관건이라는 현실인식에 따른 것이다. 삼성은 연말 사장단 업적평가에서 핵심인력의 확보에 대한 평가를 인사에 반영하고 있다.

삼성은 우수인재를 국내로 불러오는 데 그치지 않고, 해외에 연구개발센터를 만들어 생활환경과 문화적 차이 때문에 한국에 들어오기를 기피하는 외국의 인재들을 현지에서 스카우트해 활용하는 전략을 세워 놓고 있다. 그래서 선진국은 물론 러시아, 중국, 베트남 등 옛 사회주의권 국가의 뛰어난 과학기술 인재들을 끌어 모으고 있다. 삼성은 이렇게 확보한 인재들을 통해서 미래 성장산업을 일으키고, 초일류 기업으로서의 입지를 더욱더 확고히 한다는 전략이다.

또한 지적재산권을 최고의 기업자산으로 평가하여 미국, 일본, 영국, 인도, 러시아 등지에도 해외 R&D 센터를 두고 있다. 그리고 국내외 연수와 해외지역전문가 프로그램을 통해 모든 사업 부문에 걸쳐 직무분석을 하고, 부가가치가 높은 업무 위주로 조직을 재편성해서 1인당 부가가치를 끌어올리고 있다.

삼성은 2000년대 들어 미국 특허출원 톱6의 기업이 되었다. 삼성전자는 2005년과 2006년 2,000여 건의 특허등록으로 톱5에 진입하고, 2007년에는 톱3로 도약한다는 계획을 수립했다. 이를 위해 현재 250여 명 수준인 특허전담 인력을 2010년까지 450명으로 늘리는 한편 변리사,

미국특허변호사 등 자체인력을 더욱 확대해 나갈 방침이다.

디자인 천재, R&D 천재, 설계 천재 등 분야별로 천재급 두뇌를 많이 확보한다면 세상이 어떻게 변하든, 시장이 어떻게 변하든 두려울 것이 없다는 것이 삼성의 전략이다. 이러한 전략이 '기술 삼성'의 신화를 만들어 가고 있는 것이다.

| 엔지니어링 경영의 확대

21세기 들어서 삼성의 '엔지니어링 마인드'의 영역은 날로 확대되고 있다. 제품을 아는 사람이 제품 관리와 판촉에 더 유용하다는 것이 세계적인 추세가 되었기 때문이다. 최근 들어 기업들이 이공계 출신 경영학석사를 선호하는 것은 그러한 경향을 반영하는 예라고 볼 수 있다. 전자정보기술의 발전과 혁신은 생명공학기술의 개발, 신소재의 개발, 화학공정의 개발 등을 촉진시켰다.

그러나 지금 세계는 지구환경의 보존과 조화가 세계적 과제로 대두되고 있고 에너지 자원의 절약, 지구환경 문제를 해결하지 않고는 인류가 한 걸음도 앞으로 나갈 수 없다는 명제 앞에 놓여 있다. 지금은 모든 기업이 기술 혁신으로 지구환경 문제의 해결에 앞장서야만 살아남을 수 있는 시점이다. 또한 세계는 지금 전자정보 기술의 발전과 혁신에 힘입어서 인간의 삶을 살찌우는 엔지니어링 마인드를 기대하고 있다.

그래서 생체공학은 물론 수리공학과 금융공학이 새롭게 각광받고 있다. 농업은 토양공학, 법률시스템은 사회공학, 요리는 식품공학, 심지어 예술은 '상상력공학'으로 불리고 있다. 이러한 경향은 세계가 지금 제품과 기술 서비스 등에서 엔지니어링 퓨전화 시대를 맞고 있다는 것을 뜻한다. 엔지니어링 퓨전 제품은 기능의 융합과 복합화의 형태로 나타나고 있다.

앞으로 삼성이 추구하게 될 홈 네트워킹, 오피스 네트워킹 중심의 디지털 가전이 전형적인 예라고 할 수 있다. 엔지니어링 기술의 퓨전화는 미래 성장 동력으로 불리는 IT, 생명공학BT, 나노공학NT 등과 함께 동반 발전할 가능성이 많고, 그러한 신개념의 산업을 삼성 같은 기업이 주도할 것이다.

세계 최고의 기업으로 불리는 GE의 경우, 100년이 넘는 기업의 역사에도 불구하고 지속적인 제품 혁신으로 선두 기업을 유지하고 있는 것은 엔지니어링 마인드에 입각한 경영을 끊임없이 해 오고 있기 때문이다. GE의 경우 R&D 조직은 상아탑 속에 갇혀 있는 조직이 아니라 경영진과 마인드를 공유하는 경영 브레인들이다. 이것이 100년이 넘는 역사를 관통하고 있는 GE의 근본적인 힘이다.

| 삼성중공업의 경우

삼성중공업의 경우 엔지니어링 정신에 입각한 품질포럼 개최, 품질실명제 실시 등 엔지니어링 경영을 적극적으로 추진한 결과, 놀라운 성과를 거두고 있다. 삼성중공업이 만들어 내는 선박의 품질이 한 차원 높아진 것은 물론 세계 조선업계에서 좋은 평가를 받게 되어 선박수주가 크게 증가하는 마케팅 효과를 톡톡히 누리고 있는 것이다.

삼성중공업은 창립 30주년을 맞이한 2004년, 제41회 무역의 날에 '30억 불 수출탑'을 받는 동시에 '금탑산업훈장', '산업포장'을 수상하는 영광을 안았다. 이 같은 결과는 LNG선, 컨테이너선, 심해용 원유시추선 등 고부가가치 선박 건조에서 보여 준 기술력의 승리라고 볼 수 있다.

삼성중공업은 엔지니어링과 설계기술의 우위를 바탕으로 그동안의 성과에 만족하지 않고 선박 건조에서 나아가 오프쇼어Offshore라 불리는 고정식 해양 플랫폼, 부유식 원유생산저장설비FPSO, 리그Rig선 등 해양개발 설비에 대한 공략을 본격화하여 선박에서부터 해양개발 분야에 이르기까지 전 분야에서 해양강국으로 발돋움하겠다는 계획을 세워 놓고 있다.

이미 삼성중공업은 대형 컨테이너선, 심해저원유시추선인 드릴쉽, 셔틀탱커 등의 분야에서 세계1위를 차지하고 있다. 그리고 앞으로는 LNG선, 여객선 등 고부가가치를 창출할 수 있는 특수선을 제작하여 세계1

등 조선소로 발돋움하겠다는 야심 찬 전략을 펼치고 있다.

특히 해양개발 설비는 선박건조기술과 엔지니어링기술이 복합된 최첨단 고부가가치 설비이기 때문에 삼성중공업은 해양개발설비 분야의 설계 및 시공 능력을 조기에 강화해 수년 안에 초일류 기업으로 자리 잡을 계획이다. 김징완 사장은 삼성중공업의 비전을 이렇게 말하고 있다.

"중국의 조선업계가 빠른 속도로 추격해 오고 있는 상황인만큼 세계 조선업계에서 한국이 1위 자리를 지키기 위해서는 기술력이 높은 고부가가치 선박 위주로 가야 한다. 기술력과 원가경쟁력, 품질, 이익 창출 등의 측면뿐 아니라 고객 서비스 등에 있어서도 세계 일류 기업으로 인정받겠다는 목표를 갖고 있다. 원화 강세와 후판가격 상승 등 국내 조선업계의 어려움을 해소하기 위해 앞으로 신규 수주 시 이 같은 요인들을 선가에 반영할 계획이며, 생산 시스템 개선 등을 통해 총체적인 원가절감 노력을 기울여 나가겠다. 현재 3만 8,000톤급 카페리호 4척을 수주해 건조 중이며, 오는 2008년께 중형 크루즈선의 건조를 추진한 뒤, 기술력 확보를 통해 오는 2014년께는 10만 톤급 이상 초대형 크루즈선의 건조에도 도전할 계획이다. 삼성중공업은 오는 2006년이나 2007년까지 기술이나 품질, 원가경쟁력에서 세계 최고 수준에 달하는 초일류 기업으로 자리 잡을 것이다."

크루즈선은 유조선에 비해 5배 이상의 부가가치가 있는 고부가 선박인데, 그동안 유럽계 4대 조선소에서 독점적으로 생산하고 있다. 일본 미쓰비시중공업도 12년 전에 크루즈선 제작을 시도했다가 대규모 적자를 보았고, 최근에 다시 시도해서 2척 건조에 들어갔다가 선실 화재로 납기를 맞추지 못하는 등 어려움을 겪었다. 호화여객선의 제작은 이처럼 상당히 까다로운 공정이 뒤따르는 분야다.

3. 천재를 잡아라

|천재경영 : '일등주의' 와 '인재경영' 의 결합

2003년 6월, 제2 신경영 선언을 한 이건희 회장은 '천재경영' 을 화두로 내세웠다. 선대 회장의 '인재경영' 과 '일등주의' 를 결합한 것으로 보이는 '천재경영' 은 그 후 삼성을 움직이는 핵심 이념이 되었다.

이건희 회장은 기회가 있을 때마다 "5년, 10년 후 명실상부한 초일류 기업으로 도약하기 위해서는 인재를 조기에 발굴하고 체계적으로 키워내는 노력이 필요하다" 고 강조하고 있다. 그는 이렇게 말한다.

"외부에서는 신경영이 질 위주 경영이었다면 제2 신경영은 무엇이냐고 궁금해들 합니다. 그에 대한 답은 바로 나라를 위한 '천재 키우기' 라고 할 수 있습니다. 다시 말해 21세기는 경쟁이 극한 수준으로 치달으면서 소수의 창조적 인재가 승패를 좌우하게 되는 거죠. 과거에는 10만 명, 20만 명이 군주와 왕족을 먹여 살렸지만 앞으로는 천재 한 사람이 10만 명, 20만 명을 먹여 살리는 시대가 될 겁니다. 총칼이 아닌 사람의 머리로 싸우는 두뇌 전쟁의 시대에는 결국 뛰어난 인재, 창조적 인재가 국가의 경쟁력을 좌우하게 됩니다.

20세기에는 컨베이어 벨트가 제품을 만들었으나 21세기에는 천재급 인력 1명이 제조 공정 전체를 대신할 수 있어요. 예를 들어 반도체 라인 1개를 만들려면 30억 달러 정도가 들어가는데, 누군가 회로선폭을 반만 줄이면 생산성이 높아져 30억 달러에 버금가는 효과를 거두게 됩니다. 천재들을 키워 5년, 10년 후 미래 산업에서 선진국과 경쟁해서 이기는 방법을 말씀드리는 겁니다."

그가 천재경영을 향후 10년을 이끌 경영 키워드로 내세운 것은 세계 일류 기업들과의 경쟁에서 이기려면 핵심인재의 확보가 관건이라는 현실 인식에 근거한 것이다.

삼성은 해마다 연말 사장단 업적 평가에서 핵심인력 확보에 대한 평가를 통해 이를 인사에 반영하고 있다. 그것은 사람에 대한 투자를 늘려 미래의 캐시 카우가 될 차세대 성장 산업을 선점하기 위한 전략이다. 삼성은 그렇게 채용한 인재들에게 과감한 보상을 함으로써 초일류 기업 삼성을 만들어 나가고 있다.

'바둑 1급 10명이 바둑 1단 1명을 못 이긴다'는 것이 삼성식 인재경영의 핵심이다.

| 글로벌 인재경영

삼성은 5~10년 후를 대비한 핵심 사업으로 생명과학, 생활용 로봇사업, 유비쿼터스, 건강설비, 반도체, 소재부품, 스마트 홈에 기반한 보안 네트워크 솔루션 등을 추진한다는 계획 아래 천재 육성을 통한 4대 핵심 전략을 다음과 같이 세웠다.

첫째, 5~10년 후를 대비한 글로벌 인재경영을 지향한다.

둘째, 세계 1등 제품과 서비스에 대한 경쟁력을 확보한다.

셋째, 미래 성장 엔진 발굴을 통한 기회 선점 경영을 한다.

넷째, 사회 친화적 경영과 세계 톱브랜드 가치 달성에 매진한다.

이건희 회장은 미래를 먹여 살릴 신수종사업을 발굴하고, 이를 강력히 추진해서 세계 1등 제품을 50개로 늘리면 그중에서 반도체나 휴대폰 같은 효자 사업도 저절로 나온다 말하고 있다.

이렇게 인재의 중요성이 강조되면서 삼성은 인재 확보에 총력을 기울이고 있다. 우수한 연구 인력이나 실력 있는 엔지니어는 미국, 유럽, 러시아 등을 가리지 않고 어디에서든 데려온다. 유능한 인재라면 국적 따위는 문제가 되지 않는다.

삼성에는 총 18만 명의 직원 중 1만 2,000명의 박사급 인재가 근무하고 있다. 삼성전자의 경우 박사급 인력은 2000년에 1,000명을 돌파한 데 이어 2001년 1,100명·2002년 1,350명·2003년 1,800명·2004년 1,970명으로 급증했다. 1,970명의 박사 중 97%(약 1,910명)가 전기·

전자, 컴퓨터, 재료공학 등을 전공한 이공계 출신들이다. 회사 측은 전공별, 출신학교별 수치는 대외비로 관리하고 있다.

삼성전자에는 이건희 회장이 아무리 바쁘더라도 몸소 챙기는 임직원이 있다. 이른바 '삼성 펠로우Fellow'라고 불리는 '장인'급 인재들이다. 삼성 펠로우들은 회사의 사운을 좌우할 만한 인사들이기 때문에 그들에 대한 정보는 비밀에 부쳐지고 있다.

삼성전자에는 인도의 카스트 같은 신분제도가 있는데, 최상층에 SSuper급, 그 아래에 HHighly potential급, A급, B급이 있다. S급은 세계적인 경쟁력을 가지고 있는 해외 석·박사급 인재를 일컫는다.

"지금처럼 미래 변화를 예측하기 어려운 시대에는 우수한 인재를 확보하는 것이 미래에 대비하는 가장 중요한 전략이다. 경영자라면 핵심인재 확보를 자신이 챙겨야 할 가장 중요한 과제로 인식해야 한다. 경영자는 사실 본능적으로 사람에 대한 욕심이 있어야 한다. 필요하다면 삼고초려, 아니 그 이상을 해서라도 반드시 확보해야 한다."

이건희 회장은 S급 해외 인재의 스카우트를 위해서는 회사 전용기까지 내주면서 인재 확보를 독려하고 있다. S급 인재 한 사람이 해당 산업의 판도를 바꿀 수 있다고 믿는 탓이다.

|사운을 건 기술인력 확보

삼성의 천재경영에서 가장 먼저 효과가 나타난 부문은 반도체 분야다. 삼성은 1983년 사운을 건 반도체 설비 투자를 시작한 후 기술의 벽에 부딪쳐 숱한 어려움을 겪게 되었다. 일본 기업들의 방해와 가격 덤핑 작전에 휘말린 삼성은 자체적 기술개발만이 살 길이라는 인식 하에 기술인력 확보에 사운을 걸고 나섰다.

그렇게 영입된 인재들이 지금 S급 인재로 불리는 진대제 전 삼성전자 디지털미디어 부문 사장, 황창규 반도체 총괄사장, 임형규 삼성종합기술원장, 박상근 무선통신부문 전무, 서양석 삼성종합기술원 전무, 유인경 상무보, 송지우 메가트로닉스 센터장 등이었다.

삼성은 S급 인재들의 눈부신 활약으로 반도체 부문뿐만 아니라 휴대폰, 디지털미디어 등 전자 전 부분에 걸쳐서 세계 최강의 기술력을 과시하기 시작했다.

S급 인재에 대한 처우는 파격적이다. 인센티브 제도의 신봉자인 이건희 회장은 인센티브는 조직 활성화와 개인의 창의력 발휘의 바탕이 된다는 신념 아래 파격적인 연봉, 과감한 스톡옵션을 주면서 삼성을 인재들의 집단으로 만들어 나가고 있다. 이미 삼성의 급료 수준은 세계적인 수준에 이르러 있고, 공과에 따라 지급되는 스톡옵션 등의 보상은 다른 국내 기업들에 비해 상상을 초월하는 수준이다.

아울러 삼성은 분야별로 '자랑스러운 삼성인상' 제도를 만들어서 매년 시상을 하고 있는데, 수상자에게는 5,000만 원의 상금과 1계급 특진을 부여한다. 이건희 회장은 이 상의 수상자 선정에서부터 시상까지를 직접 관장하고 있다. 그는 직접 자료를 꼼꼼히 검토하고, 시상 후보들의 면면을 일일이 점검한 후에 시상자를 결정하고 또 시상도 직접 한다. 거기에는 학벌, 지연 따위가 절대로 영향을 미치지 않는다. 다만 실력만이 기준이 된다.

2002년 7월, '이건희장학재단'을 설립한 것도 천재급 인력 양성을 위한 것이다. 미국, 유럽, 중국, 러시아, 인도 등의 일류 대학 유학생들 중에 100명의 우수 학생을 선발해서 1인당 연간 5만 달러를 지원해 미래의 삼성 인재를 키운다는 전략이다.

☞ 천재경영 사례

|황의법칙 : 반도체 집적도는 해마다 2배씩 증가한다

모든 사업의 성공에는 선견지명과 운이 따라야 하는 법이다.

지금 삼성이 세계시장을 주도하고 있는 플래시메모리의 경우 한 천재의 전문적 안목과 직관력, 그리고 운이 따라 준 경영 사례라고 볼 수 있다.

1998년이 저물어 갈 무렵의 일이다.

삼성전자 반도체총괄 황창규 사장은 매주 월요일마다 열리는 경영위원회에서 '낸드 플래시에 투자해야 한다'는 주장을 몇 주째 펴고 있었다.

플래시메모리는 전원이 끊겨도 데이터를 보존하는 롬의 장점과 정보의 입출력이 자유로운 램의 장점을 모두 지니고 있어서 쓰임새가 갈수록 커지고 있는 반도체이다. 플래시메모리는 코드 저장형인 '노어'와 데이터 저장형인 '낸드' 두 가지로 나뉘는데, 당시는 인텔이 노어 방식의 플래시메모리를 일찍 개발해서 시장을 장악하고 있었고 낸드 방식은 개발 초기 단계에 있었다.

삼성 수뇌부는 물론 구조조정본부(현 전략기획실)도 황 사장이 주장하는 새로운 낸드 방식에 대한 시장 향방을 점치기 어려워서 선뜻 결정을 내리지 못한 채 시간을 보내고 있었다. 황 사장은 속이 탔지만 달리 방법이 없었다. 그러던 중에 일본 도시바가 낸드플래시메모리 사업 합작을 삼성에 제의했다. 당시 일본 반도체 업계는 혹독한 불황으로 구조조정을 추진하고 있었는데, 도시바는 D램 사업을 정리하면서 낸드플래시메모리 사업에 승부수를 걸기 위해서 삼성 측에 극비 제안을 해 온 것이다.

도시바는 낸드플래시메모리에 대한 다수의 기술특허를 보유하고 있었고, 낸드플래시메모리 시장을 45%나 점유하면서 단연 선두를 달리는 업체였다. 도시바가 삼성에 사업 합작을 제의한 배경은 삼성의 막대한 자금을 활용하는 동시에 삼성을 자기편으로 만들어서 미래 경쟁자를 사전에 제어하겠다는 포석 때문이었다.

이건희 회장은 도시바의 제의를 놓고 두 달 동안 고민을 한 끝에 직접 일본으로 날아가 도시바의 제의 배경에 대한 정보를 수집하기에 이르렀다. 시장조사 결과 독자적으로 사업을 추진하는 것이 바람직하다는 잠정 결론을 내린 이 회장은 사업 부서장인 황창규 사장을 일본으로 불러들였다.

"낸드플래시는 저희 회사가 수종사업으로 키워 온 핵심 프로젝트입니다. 독자적으로 사업을 추진하는 것이 바람직합니다. 도시바에 비해 기술수준이 조금 뒤지지만 수년 안에 따라잡을 수 있습니다."

황 사장은 단호하게 독자 개발을 주장했다. 이 회장은 황 사장의 주장을 받아들였고, 그리하여 도시바의 제의는 정중히 거절되었다.

이렇게 해서 오늘날 삼성을 세계적인 기업으로 만든 '낸드' 방식은 아슬아슬하게 세상에 태어났다. 천재적 엔지니어와 선견력을 가진 오너의 결단이 훗날 반도체의 역사를 바꾸어 놓는 순간이었다. 그때 그러한 결단이 없었다면 낸드플래시메모리 사업은 도시바의 그늘에 가려 몇 년은 후퇴했을 것이다. 그 후 삼성은 도시바의 견제를 완전히 따돌리면서 낸드에서 우월한 입지를 확보해 나갔다.

황 사장은 낸드플래시메모리 개발에 진력하여 2002년 마침내 1기가 메모리 개발에 성공하면서 '매년 반도체 집적도가 2배로 성장한다'는 '황의 법칙Hwang's Law'을 발표하기에 이른다.

황의 법칙은 반도체 업계의 교과서라는 '무어의 법칙(반도체 성능은 18개월마다 2배씩 좋아진다)'을 넘어서 매년 2배씩 증가한다는 '메모리 신성장론'이다. 2004년 8기가 낸드플래시의 개발에 성공함으로써 삼성은 황의 법칙을 5년째 입증해 보였다. 삼성은 1999년 256메가비트에서 2000년 512메가, 2002년 2기가, 2003년 4기가에 이어 8기가를 개발해 낸 것이다.

거기에 삼성은 2004년 낸드플래시의 세계시장 점유율 65%를 달성함으로써 명실상부한 월드베스트 제품을 만들어 냈다. 황 사장은 2006년에는 115억 달러 규모로 2년 만에 2배 가까이 성장해 노어플래시메모리 시장을 추월할 것으로 전망하고 있다.

시장조사 기관인 아이서플라이에 따르면, 낸드플래시 시장은 2004년 72억 불 시장 규모에서 2005년에는 96억 달러 규모로 성장, 노어플래시의 83억 달러 규모를 추월해 플래시메모리 시장을 주도해 나갈 것으로 전망되었다.

황창규 사장이 반도체총괄 사장을 맡은 2004년 삼성 반도체는 매출 18조 2,200억 원, 영업 이익 7조 4,800억 원으로 41%라는 기록적인 영업 이익률을 달성했다. 이는 삼성전자 전체 이익의 62%를 차지하는 경이로운 기록이었다.

제5장
초일류 경영

삼성전자는 브랜드 가치 세계 20위의 기업이다. 또한 해마다 30% 이상의 브랜드 가치 성장률을 보이며 세계에서 가장 빠르게 성장하는 기업이다. 삼성이 이처럼 세계무대에서 두각을 나타내기 시작한 것은, 1996년 IOC 위원이 된 이건희 회장이 1998년 나가노 동계올림픽 때 무선기기 분야의 공식 스폰서로 모토롤라를 제치고 삼성전자를 끼워 넣는데 성공하고 나서부터이다. 그 후 삼성은 더욱 적극적인 마케팅을 통해 자사의 브랜드 가치를 높이고 세계인의 주목을 끄는 데 성공했다.

삼성은 2000년 시드니 올림픽 · 2004년 아테네 올림픽의 공식후원사가 되어 올림픽을 글로벌 마케팅의 장으로 활용한 것은 물론 세계 유수의 언론과 뉴욕, 런던, 파리, 상하이 등 세계적인 대도시에서의 대대적인 홍보를 통해 삼성의 브랜드 이미지를 제고시켜 나갔다. 거기에 무엇보다도 주효한 것은 경쟁업체에 비해 한발 더 빨리 개발을 진행해서 브랜드 이미지를 먼저 구축하는 삼성의 기본전략이었다.

What makes SAMSUNG one of the world' s leading compenies?

1. 삼성 웨이

|초일류 기업 '삼성'

2000년대에 들어서 삼성은 한국은 물론 전 세계적으로도 가장 잘나가는 회사가 되었다. '월드 베스트, 월드 퍼스트' 전략을 지속적으로 추진해 온 삼성은 대표적 기업인 삼성전자를 비롯해서 거의 모든 계열사가 여러 부분에서 세계 리딩 기업으로 도약하고 있다. 반도체, 휴대전화, LCD, 디지털 TV에서 세계 최첨단 기업의 면모를 과시하고 있는 삼성은 2004년 몇 가지 부문에서 속속 기술의 벽을 깨며 세계 초일류 기업으로서의 면모를 보여 주고 있다.

삼성은 최근 기술의 한계로 알려졌던 60나노 공정을 이용한 8기가 낸드플래시메모리를 세계 최초로 개발하여 8기가 반도체시대의 개막을 알렸고, 세계 최고속 667MHz 모바일 CPU, 세계 최대 용량 80나노 2기가 DDR2 D램을 개발했다. 이어서 100인치의 벽을 깨고 102인치 PDP TV를 개발 발표했다.

또한 삼성은 건설·조선 부문에서도 일취월장하여 공사비만 8억 8천만 달러에 달하는 세계 최고층 건물인 버즈두바이 공사를 수주했다. 버즈두바이는 지상 160층에 높이 700미터, 연면적 15만 평에 달하는 세계 최고층 건물이 될 것이라고 한다. 이로써 삼성은 현재 508미터로 세계 최고층인 대만 TFC 101빌딩, 말레이시아 페트로나스타워 완공에 이어 세계에서 가장 높은 3개의 마천루를 모두 직접 시공하는 기록을 세우게 되었다.

삼성은 조선 부문에서도 세계 최대의 컨테이너선, LNG선, 심해용 원유시추선 등 고부가가치 선박 건조를 통해서 세계 선박 기술을 선도하는 기업으로 탈바꿈하고 있다.

| 초우량기업의 조건

"위대한 기업으로 도약하는 것을 막는 최대 적은 '좋은 기업 The Enemy of Great is Good이다."

이 말은 『좋은 기업을 넘어 위대한 기업으로From Good to Great』에서 짐 콜린스Jim Collins가 한 말이다.

이 말처럼 현재의 삼성에게 필요한 말은 없을 것이다. 그래서 삼성 경영진은 잘나가는 지금 위기가 닥쳐오고 있는지도 모른다며 위기경영 체제를 가동하고 있다.

그래서인지 이건희 회장의 2005년 신년사는 지난해 세전순익 19조 원으로 사상 최대의 실적을 기록한 기업답지 않게 비장하기까지 했다.

"우리는 지금, 오르기는 어려우나 떨어지기는 쉬운 정상의 발치에 서 있습니다. 이 순간 위기의식으로 재무장하고 힘을 모으면 머지않아 정상을 밟을 수 있지만, 자칫 방심하거나 현실에 안주한다면 순식간에 산 아래로 떨어지게 될 것입니다. 그동안 우리 삼성은 세계의 일류 기업들에게 기술을 빌리고 경영을 배우면서 성장해 왔습니다. 그러나 더 이상 어느 기업도 우리에게 기술을 빌려 주거나 가르쳐 주지 않으며, 오직 경계와 견제가 있을 뿐입니다. 이제 우리는 기술개발은 물론 경영시스템 하나하나까지 스스로 만들어 나가야 하는 자신과의 외로운 싸움이 시작된 것입니다."

이 회장은 허세를 부리지 않고 진정한 초일류 기업이 되기 위해서는 자신과의 외로운 싸움에서 승리를 거두어야 한다고 선언했다. 그것은 짐 콜린스가 말하는 위대한 기업으로 가기 위한 노력에 다름 아니다.

여기서 콜린스가 위대한 기업으로 도약하기 위한 조건으로 제시한 '고슴도치Hedgehog 이론'을 들여다볼 필요가 있을 것 같다. 고슴도치 이론이란 자신을 잡아먹으려는 여우의 온갖 위협에 대처하는 고슴도치의 자세를 말한다.

여우는 고슴도치를 잡기 위해서 고슴도치의 굴 주변을 맴돌며 여러 가지 교활한 꾀를 내어 고슴도치를 유혹한다. 드디어 완벽한 순간이 오고 여우는 사냥을 덮친다. 그러나 그 순간 고슴도치는 온몸에 가시를 세우고 몸을 공처럼 말아서 변신한다. 여우는 가시덩어리가 된 고슴도치 앞에서 공격을 멈춘다. 여우는 숲 속으로 퇴각하여 새로운 공격 전략을 구상할 수밖에 없다.

세상에는 고슴도치와 여우 사이의 싸움 같은 일들이 빈번히 벌어지고 있는데, 여우가 훨씬 교활하지만 이기는 건 늘 고슴도치다. 고슴도치는 자신의 컨셉트에 부합하지 않는 일에는 전혀 관심조차 없다. 고슴도치처럼 기업도 복잡한 전략보다는 일관성을 가지고 핵심 역량Core Competence에 집중해야 한다는 이론이다.

요즈음 삼성의 행보를 보면 그 이론을 받아들여 제대로 행하고 있는 것 같다. 삼성은 전사적 핵심역량을 기울여서 60나노 8기가 낸드플래시, 90나노 D램 양산, 500만 화소 카메라폰, 가로화면 메가 픽셀 폰, 80인치 PDP TV, 블루레이 디스크, 지상파 DMB 칩, 휴대폰용 위성 DMB 칩 개발 등 세계 최초의 신기술 · 신제품 개발에 힘쓰고 있다. 숙적인 소니와 2만 건에 달하는 특허를 공유하고, LCD 7세대 라인을 합작하는 공격적 전략을 구사하고 있다.

이 회장은 2005년에도 21조 2,000억 원에 달하는 대규모 투자를 예정대로 진행할 방침을 밝히고 초일류 기업을 향한 '중단 없는 공격경영'을 강조했다.

| 2007년 CES

2007년 1월 8일, 미국 라스베이거스에서 개막된 세계 최대 가전기기 전시회인 '2007 CESConsumer Electronics Show' 는 삼성전자를 비롯한 한국 기업의 독무대였다. 세계 130개국 총 2천 700여 업체가 참여한 '2007 CES'에서 삼성전자는 '콘텐츠 기술, 그 사이의 모든 것'이라는 주제로 주요 임직원 300여 명이 총출동해서 세계 가전업계를 상대로 IT 강국 코리아의 위엄을 과시했다.

특히 삼성전자는 이 전시회에서 가장 큰 700여 평에 달하는 전시관을 마련해 다른 기업들을 압도하면서 전시장 중앙홀에 와이브로 시연장을 마련했는데 휴대인터넷을 체험해 보려는 관람객들이 하루 평균 5만 명 이상 몰려들어 북새통을 이뤘다.

삼성전자는 한국형 휴대인터넷 와이브로로 세계인들의 눈과 귀를 사로잡은 것은 물론 40, 46, 52, 57인치 풀HD TV와 차세대 블루레이 디스플레이, MP3P, UMPC, 비스타 모니터, 컬러레이저 복합기, 글로벌 로밍 DMB폰, 울트라 슬림폰 등 400여 종의 첨단 디지털 가전과 통신—IT 제품을 대거 선보였다. 삼성전자는 이 전시회에 출품하는 제품들을 현지까지 옮기기 위해 별도의 포장재와 특수 이동장비를 동원하고 보험에도 가입하는 등 철저한 준비로 CES에 임했다.

이 전시회에서 눈길을 끈 것은 이건희 회장의 아들인 이재용 상무가 세계 최대 전자 전시회 CES에서 활발한 대외활동을 펼친 것이었다.

그는 삼성전자 전시관을 찾은 루퍼트 머독 뉴스 코퍼레이션 회장을 맞아 삼성전자 제품을 직접 안내하면서 삼성전자가 CES에서 첫 선을 보인 LCD TV인 2007년형 보르도와 발광다이오드LED를 채용한 슬림형 DLP TV와 또 삼성전자가 독자 개발한 차세대 디지털 방송 수신칩인 'A-VSB'에 대해 머독 회장에게 직접 소개하며 대화를 나눴다.

이 전시회에서 삼성전자는 디지털미디어총괄 최지성 사장과 북미총괄 오동진 사장 등 임직원들이 참가해 1월 7일 베네시안 호텔 마르코폴로 볼룸에서 전 세계 기자 400명을 대상으로 비전 설명회를 개최하고 새해 사업 계획과 전략 등을 발표했다.

이재용 상무는 전시회가 끝나고 단행될 삼성전자 인사에서 전무로 승진함으로써 본격적인 경영수업 태세에 들어갔다. 삼성전자의 고객담당 최고책임자CCO로써 새로운 역할을 맡은 이재용 전무의 행보가 주목된다.

최지성 삼성전자 디지털미디어DM 총괄사장은 전년도 전시회에서도 전 세계에서 밀려드는 취재진과 관람객들을 직접 맞으며 반도체·휴대폰 부문에 이어 디지털 TV를 중심으로 한 디지털미디어 분야에서도 '초일류 브랜드'로의 도약을 선언하며 이렇게 말했다.

"일부 제품은 기술과 디자인 보호를 위해 혁신상에 공모하지 않았습니다. 그러나 혁신상의 대거 수상은 한국 업체들이 이제는 기술이나 디자인에서 외국보다 앞서 간다는 의미입니다. 올해부터는 시장을 만들어 가는 '가치 창출자'로서 창조적인 기업상을 만들어 갈 것입니다."

삼성전자는 2010년까지 월드 베스트를 달성할 제품으로 LCD TV, PDP TV, LCD 모니터, 레이저프린터, DVD 플레이어, 디지털캠코더를 꼽았고, 특히 홈시어터, 홈 네트워크, 컬러 레이저프린터, 노트북 등을 집중 육성 제품군으로 선정했다.

삼성전자는 초일류 기업으로서 글로벌경영을 위하여 현재 세계 곳곳에 24개의 생산 및 판매 복합 법인과 40개의 판매법인, 그리고 15개의 지점 등 48개국에 총 90개의 거점을 갖추고 있다.

아울러 유럽, 북미, 중남미, 동남아, 서남아, 중국, 독립국가연합CIS 및 중동과 아프리카 지역에 모두 8개의 해외 지역별 총괄 체제를 운영하면서, 지역별로 차별화된 연구개발 · 마케팅, 서비스를 시행하여 초일류 기업으로서의 역량을 다져 나가고 있다.

이제 삼성은 성장 가능성이 무한한 회사임을 입증하면서 10년 후에도 지금과 같은 초일류 기업의 면모를 보여 줄 것이라는 평가를 받고 있다.

2. 디자인 삼성

| 삼성의 디자인 혁명

최근 실시된 조사에 따르면 미국 소비자들의 상당수가 삼성 애니콜의 디자인이 도요타의 렉서스를 연상시킨다고 응답한 것으로 나타났다. 렉서스는 현재 미국에서 가장 많이 팔리고 있는 고급 자동차이고, 삼성 휴대폰 또한 미국인들 사이에서 명품의 자리를 잡아 가고 있다는 공통점을 갖는다.

혁신적이고 아름다운 디자인을 통해 그동안 1천만 대 이상 판매된 히트 모델인 일명 벤츠폰SGH—E700과 이건희폰T100, 그리고 블루블랙폰 SGH—D500은 세련된 디자인은 물론 다양한 첨단 기능까지 두루 갖춘 때문에 전 세계적인 베스트셀러 휴대전화로 부상하면서 명실상부한 명품으로 자리 잡아 가고 있다.

프랑스의 패션 전문지 스터프 Stuff는 특히 블루블랙폰을 "아름답고 세련된 검은 드레스를 걸친 완벽한 몸매를 연상시키는 휴대폰"이라고 격찬했고, 영국과 덴마크 소비자 단체가 실시한 평가를 보면 블루블랙폰은 전 세계 19개의 휴대폰 모델 가운데 1위를 차지했다.

삼성이 이렇게 디자인으로 세계적인 제품 대접을 받기 시작한 것은 1996년 이건희 회장이 신년사에서 디자인 혁명을 선언한 후의 일이다. 이 회장은 1996년 당시 신년사에서 이렇게 선언했다.

"기업 디자인은 상품의 겉모습을 꾸미고 치장하는 것에서 한 걸음 더 나아가 기업의 철학과 문화를 담아야 한다. 기업 경쟁력 또한 가격과 품질의 시대를 거쳐 21세기는 디자인 경쟁력이 기업경영의 승부처가 될 것이다."

삼성이 디자인의 중요성을 제대로 인식하게 된 것은 1993년 신경영 당시 일본인 디자인 고문이었던 후쿠다 타미오가 제출한 '후쿠다 보고서' 때문이었다. 삼성 디자인의 문제점을 낱낱이 지적한 그 보고서는 "삼성이 디자인 개혁을 이루지 않으면 삼성의 성장은 있을 수 없다"고 단언하고 있었던 것이다.

이 지적은 이건희 회장의 심중을 흔들었고, 훗날 신경영 선언이라고 불리게 되는 프랑크푸르트 선언을 이끌어 냈으며, 오늘날 삼성의 디자인을 다시 태어나게 하는 촉매의 역할을 했다. 신경영은 삼성전자의 소프트 경쟁력을 키웠고 디자인 혁명을 낳았다.

디자인 혁명 선언 이후, 삼성은 글로벌 디자인 거점을 일본, 미국, 독일, 이태리, 영국, 중국 등 6개 지역으로 확대하고, 현지 지향형 디자인을 개발하는 글로벌 디자인체제를 구축했고, 국내에서는 '디자인 뱅크 시스템'을 가동하기 시작했다. 디자인 뱅크 시스템이란 제품을 설계하기 전에 디자인을 먼저 해서 거기에 맞추어 설계에 들어가는 디자인 우선의 혁신적인 제도로 미래에 유행할 디자인을 먼저 개발해 놓고 시기에 맞춰 이를 제품화하는 시스템이었다. 이렇게 해서 만들어진 제품들은 해마다 그래픽, 패션, 제품디자인 등 다양한 부문에서 디자인 수준을 높여 가기 시작했다.

특히 삼성전자는 2001년부터 '디자인경영센터'를 설립하고 약 500여 명의 디자인 인력이 '디자인 전략팀'과 '디자인 연구소' 2개 팀으로 나뉘어 연구에 몰입해 있고, 윤종용 부회장을 위원장으로 하는 디자인위원회를 설치해서 CDO Chief Design Officer 제도를 운영하는 등 디자인 경영에 총력을 기울이고 있다.

그 결과, 삼성은 지난 5년간 세계 양대 디자인상으로 불리는 미국의 'IDEA상 Industrial Design Excellence Award'과 'Cebit iF 디자인 상'을 비롯해서 '레드닷 디자인상 Red Dot Design Awards', 일본 'G—Mark상' 등 세계적인 디자인 평가기관의 디자인상을 100회 이상 수상하며 디자인에서도 전 세계기업 중 최고의 위치에 올라섰다.

이런 실적은 경영 면에서도 주목받아, 미국의 유력 경제 월간지 〈Fast Company〉는 2004년 5월호에서 이건희 회장을 '디자인 대가

20인Masters of Design 20 에 선정한 바 있으며, 또 그 해 11월에 홍콩 디자인 센터와 산업기술통상부가 공동주최하는 '디자인 경영자상 Design Leadership Award'의 초대수상자로 이건희 회장이 선정되기도 했다.

| 제2의 디자인 혁명 선언

2005년 4월 13일, 삼성은 디자인 혁명 선언 10년을 맞아서 이탈리아 밀라노에서 사장단회의를 열고 '제2의 디자인 혁명'을 선언했다. 삼성이 밀라노에서 제2의 디자인 혁명을 선언한 것은 여러 가지로 의미가 있다.

오늘날 밀라노는 파리, 뉴욕과 더불어 세계의 패션산업을 선도하고 있는 도시이지만 가구, 조명 분야에서도 유행을 선도하고 있는 이탈리아 예술의 중심지이고 마침 삼성은 디자인 경쟁력을 더욱 강화하기 위한 목적으로 '밀라노 디자인 센터'의 문을 열게 된 것이다. 삼성의 밀라노 디자인 센터는 미국의 LA, 샌프란시스코 디자인 센터, 일본의 도쿄, 영국의 런던, 중국의 상하이에 이은 여섯 번째 디자인 센터이다.

밀라노 디자인 센터 개소식에 참가한 이건희 회장은 이날 오후 5시 밀라노 시내 포시즌 호텔 지하 1층 대회의실에서 사장단들이 참석한 가운데 전략회의를 시작했다.

저녁을 겸해서 시작된 회의는 거의 쉬지 않고 밤 11시까지 6시간의 마라톤 회의가 되었다. 이날 회의는 단순한 회의가 아니라 삼성전자의 가전부문 주요 제품과 글로벌 외국기업들의 제품에 대한 '비교전시회'를 겸한 것이었다.

400여 평 규모의 대회의실에는 소니, 샤프, 파나소닉, 밀레 등 세계일류의 선진제품과 삼성의 주요제품들과 미국의 아이디어상 등 세계적인 디자인상을 수상한 LCD TV, 휴대폰, 디지털카메라, PC, MP3 등 200여 개의 제품들이 전시되어 있었다. 이 회의는 삼성 사장단이 삼성제품과 세계적인 명품의 비교 품평을 통해서 삼성제품의 디자인에 대한 문제점을 파악하고, 이 회장이 사장단과 함께 디자인 경쟁력 마련 방안을 도출하는 방식으로 진행되었다.

이 자리에서 이건희 회장은 디자인 혁명 선언 10년 동안 삼성이 많은 발전을 해 온 것은 사실이지만 아직도 선진기업에 비하면 모든 면에서 만족스럽지 못한 면이 많다는 것을 새삼 강조했다.

"삼성의 디자인 기술은 아직 부족하다. 애니콜만 빼면 나머지는 모두 1.5류이다. 이제부터 경영의 핵심은 품질이 아니라 디자인이다."

"최고경영진에서부터 현장사원에 이르기까지 디자인의 의미와 중요성을 새롭게 재인식하여 삼성제품을 명품 수준으로 만들어야 한다."

이 자리에서 삼성전자 CDO를 맡고 있는 디지털미디어 총괄 최지성 사장은 "1996년 디자인 혁명 선언을 계기로 디자인 인력을 400% 이상 보강했으며, 벤츠폰SGH-E700과 프로젝션 TVDLP TV L7 등에서 혁신적 디자인을 선보이는 등 나름대로 성과가 있었으나, 이제는 세계 일류로 인정받는 명품으로 올라가야 한다" 면서 "이번 확정되는 4대 전략을 강력히 추진해서 삼성만의 독창적 아이덴티티를 확립하고, 이를 위한 스타급 핵심 디자이너 확보에 전력해 나가겠다" 는 의지를 밝혔다.

삼성전자 이기태, 이현봉 사장 등 계열사 사장들은 자신이 경영책임을 맡고 있는 각 사의 디자인 경영의 현 상황을 설명하고 나름대로 프리미엄 브랜드 육성을 위한 전략도 발표했다. 이번 회의에서는 삼성전자의 디지털미디어, 휴대폰, 생활가전 등의 차별화 전략과 프리미엄 브랜드인 명품시장이 정착돼 있는 패션부문 경쟁력 강화를 위해 디자인 강화 방안도 집중 논의됐다.

"국민소득 2만 달러에 도달하려면 디자인 관련 분야에서 100점짜리 지식을 갖추어야 한다. 스탠드 얼론, 즉 개별 제품의 디자인 이미지 구축은 성공했다. 하지만 모든 전자제품이 복합화가 진행되는 만큼 토털 디자인 역량 강화에 집중해야 한다. 디자인 개혁 없는 국민소득 2만 달러 달성이 힘들 것이다. 그동안 우수한 제품을 개발, 제품 경쟁력만으로 국민소득 1만 달러에 도달했다면 앞으로는 삼성이 디자인 경쟁력을 선도해서 2만 달러 시대를 열어야 한다."

이건희 회장은 이렇게 말하며 이날의 디자인 전략회의 결론 부분에서 제2의 디자인 혁명을 선언했다. 이 자리에서 삼성 사장단은 이른바 '월드 프리미엄 브랜드 육성 계획' 을 확정하고 디자인 역량 강화를 위한 '밀라노 4대 디자인 전략' 을 추진한다고 발표했다. 삼성이 이 회의에서 확정한 '월드 프리미엄 브랜드' 육성 계획에 따라 추진하게 되는 밀라노

4대 디자인 전략은 다음과 같다.

첫째, 독창적 디자인의 아이덴티티 구축

－누가 언제 어디서 봐도 한눈에 삼성 제품임을 알 수 있도록 삼성 고유의 철학과 혼을 반영, 아이덴티티를 담은 독창적 디자인과 UI User Interface, 제품 사용이 용이하도록 제품 모양이나 재질, 버튼을 배치하는 것을 통칭하는 말 체계를 구축할 것

둘째, 디자인 우수인력 확보

－세계 최고의 디자인은 천재급의 디자이너가 만들어 낸다. 이태리의 특급 디자이너의 말 한마디가 세계 패션 디자인을 주도하는 것처럼 소프트 경쟁 시대에는 인재가 곧 경쟁력인만큼 국적, 나이, 성별 등을 가리지 말고 디자인 트렌드를 주도할 천재급 인력 확보와 기존 디자인 인력들의 역량을 체계적으로 강화할 것

셋째, 창조적이고 자유로운 조직문화 조성

－실제로 세계 디자인 트렌드를 추구하는 디자이너들은 천재적인 창의성을 가지고 있다. 삼성제품이 그러한 세계 초일류 디자인을 가진 제품을 생산하기 위해서는 천재급 인력을 유치하고 육성하기 위한 자유롭고, 유연한 조직문화와 창조성과 독창성이 존중받는 분위기와 지원 시스템을 조성할 것

넷째, 금형기술 인프라 강화(핵심기술의 보유)

—디자이너가 디자인한 제품이 실제로 생산되기 위해서는 금형기술이 받쳐 주어야 하므로 금형기술 인프라 강화도 필수 조건이다. 제품 디자인 차별화의 기본요소로 금형기술 인프라를 강화하고, 협력업체와 유기적으로 연결할 것

이것은 앞으로 단순 일류가 아닌 '월드 프리미엄 브랜드'로 거듭나기 위해 새로운 도약과 의식전환을 추진하겠다는 의지를 표명한 것이다.

다음과 같은 이건희 회장의 디자인관은 삼성의 디자인 흐름에 대해서 알게 해 주는 말이기도 하다.

"요즈음에는 기획력과 기술력이 아무리 뛰어나도 디자인이 약하면 다른 요소까지 그 힘을 발휘할 수 없고, 결국 경쟁이 불가능해진다. 더구나 앞으로 다품종 소량 생산 체제가 진전되면 고객들이 원하는 대로 하나하나 다른 제품을 만들어 제공해야 하는 시대가 된다. 그런데 지금 우리 상품을 보면 한결같이 디자인 마인드가 있는지 의구심을 갖게 된다. 아직도 우리는 디자인이란 제품을 기술적으로 완성한 뒤 거기에 첨가하는 미적 요소 정도로 여기고 있다. 골프를 쳐 본 적도 없고 골프장에 가 본 적도 없는 사람들이 골프웨어, 골프용품을 디자인하고 있는 실정이다. 그렇다 보니 삼성은 물론 대부분의 기업들의 상품 디자인에서 통일된 이미지를 찾을 수 없다. 반면에 자동차의 벤츠, 전자의 소니 등은 멀리서도 알아볼 수 있을 정도로 독특한 이미지를 갖고 있다. 우리 제품이 해외시장에 나가 일본 제품과 상대하다 보면 꼭 '마무리'가 부족해서 문제가 되곤 했었다. 그런데 지금은 마무리뿐만 아니라 외관도 문제가 되고 있다. 우리 제품의 외관이 선진제품보다 뒤지는 탓에 국내외 시장에서 고객에게 외면당하고 제 값을 못 받고 있다. 한국의 문화가 배고 자기 회사의 철학이 반영된 디자인 개념을 정립하는 작업을 그야말로 혁명적으로 추진해 나아가야 한다. 그러지

않으면 더욱 치열해지는 경제 전쟁에서 배겨날 수 없다. 그러기 위해서 경영자는 젊은이들과 자주 대화하고, TV 인기 드라마도 보면서 유행을 알고 디자인 감각을 키워야 한다. 또 개별 제품의 디자인에 대해서는 전문가 의견을 존중해서 섣불리 간섭하지 말아야 한다. 10대들이 쓸 상품 디자인을 50대 경영자가 결정하는 경우가 있는데, 이는 자칫 선무당이 사람 잡는 결과를 가져온다."

☞ 디자인경영 사례

| 변화를 이끄는 '프로덕트 디스커션 Product Discussion'

삼성은 어느 기업보다 빨리 그러한 시대 변화의 내용과 방향을 알아차리고 투자를 아끼지 않았다. 그 덕분에 IMF의 혹독한 시련에도 불구하고 세계 초일류 기업으로 우뚝 서서 세계인의 입맛에 맞는 제품들을 쏟아 내고 있다.

이를테면 삼성전자 디지털미디어 총괄의 경우 두 달에 한 번씩 '프로덕트 디스커션'이라는 중요한 신제품 기획회의를 여는데, 이 회의에는 베스트바이, 서킷시티, 시어스 등 미국 대형 유통업체의 바이어들이 반드시 참석하고 있다. 이처럼 제품 기획 단계부터 시장의 움직임을 밀접하게 파악하고 있는 바이어를 참석시킴으로써 시장이 원하는 제품을 개발할 수 있음은 물론, 빅 바이어를 신제품의 제품 라인업에 참여시킴으로써 판매자가 자신이 판매하는 제품에 애정을 가지게 되어 구매자들을 더욱 가까이 끌어들일 수 있는 효과를 얻고 있다.

그렇게 개발된 TV, DVD, 캠코더, 모니터, 프린터, 휴대폰 등 삼성 제품은 디자인의 현지화, 기능의 현지화에 성공하여 일본 제품을 누르고 비싼 가격에 팔려 나가고 있다.

3. 글로벌 리더십

| 삼성의 글로벌경영전략

삼성의 초일류 기업화는 글로벌 리더십을 불러오고 있다.

일찍이 캐나다의 문화사학자 마샬 맥루한Marshall Mcluhan은 통신의 발달로 지구상의 모든 사람이 한 마을의 일원이라는 의식을 갖게 될 것이라고 예언하며 '지구촌' 이라는 조어를 만들어 냈다. 그 후 앨빈 토플러Albin Toffler는 지식정보화로 인해 일어나는 '제3의 물결' 이 전 지구를 뒤덮을 것이며, 여기에 동참하지 못하는 국가나 개인은 낙오자가 되고 말 것이라 말한 바 있다.

21세기에 들어선 인류 사회는 많은 사람들이 상상하는 것보다 빠른 속도로 변해 갔다. 특히 인터넷의 급속한 발달과 보급은 전 세계를 실시간 비즈니스의 세계로 묶어 놓았다. 사람들은 지구 어느 편에 있거나 상관없이 동시에 새로운 뉴스와 상품을 만날 수 있고 지구촌 전체가 실시간 공감대에 빠져든다. 거기에는 인종이나 국가, 이념, 성별의 차이가 없고 다만 서로의 개성과 감수성에 따라 접하는 정보와 상품이 다를 뿐이다. 그리하여 많은 기업들은 서로 다른 사람들의 취향과 감수성을 자기들의 상품으로 끌어들이기 위해 비상한 노력을 기울이게 되었다.

더욱이 WTO 체제 출범 이후 세계화를 주도하는 신자유주의 물결이 지구를 뒤덮고 있는 탓에 기업들의 세계화와 글로벌경영은 이미 세계 곳곳에서 깊숙이 진행되고 있다. 삼성이나 노키아가 만든 핸드폰은 전세계인 누구나가 쓰는 시대가 되었고, 도요타와 현대의 자동차는 미주 대륙, 유럽은 물론 아프리카 오지를 누비고 있다.

삼성은 반도체를 제외한 대부분의 제품을 중국, 말레이시아, 영국, 독일, 헝가리, 멕시코, 브라질 등 전 세계에 널린 생산기지에서 생산하고 있고 그 비율은 점점 높아 가고 있다.

│올림픽마케팅

'글로벌기업 활동을 지원하라.'

이것은 초일류 기업이 되어 지구촌을 누비는 삼성의 새로운 슬로건이다.

삼성이 세계경영을 부르짖으며 글로벌경영을 내세우기 시작한 것은 이건희 체제가 들어서고부터라고 보는 것이 옳을 것이다.

1975년부터 삼성은 정부의 강력한 수출 드라이브 정책에 따라 '종합무역상사' 체제로 전환하여 세계 각 지역으로 수출시장을 다변화하면서 그룹의 역량을 키워 왔다. 하지만 그 당시 국내에서 생산되는 제품들은 국제적으로 볼 때 일류 제품들이 별로 없었기에 진정한 글로벌경영을 했다고는 볼 수 없다.

진정한 의미에서 삼성의 글로벌경영이 시작된 것은 반도체가 세계 1위를 차지하기 시작하고, 신경영이 시작된 1990년대 중반부터의 일이라고 보아야 할 것이다.

신경영 이후 삼성은 정보화 시대에 대비하여 정보인프라를 갖추고, 글로벌경영을 위해 해외투자를 늘리고, 핵심역량 중심으로 사업구조를 개편하기 시작했다.

삼성이 세계무대에서 두각을 나타내기 시작한 것은, 1996년 IOC 위원이 된 이건희 회장이 1998년 나가노 동계올림픽 때 무선기기 분야의 공식 스폰서로 모토로라를 제치고 삼성전자를 끼워 넣는 데 성공하고 나서부터이다.

삼성은 그때부터 전 그룹의 역량을 휴대폰에 집중시켜서 세계인에게 적극적인 마케팅을 구사함으로써 중저가 가전회사의 이미지를 벗고 첨단 무선기기 회사라는 이미지를 새로이 심어 주기 시작했고, 드디어 열매를 맺게 된 것이다.

삼성은 2000년 시드니 올림픽, 2004년 아테네 올림픽의 공식후원사가 되어 올림픽을 글로벌 마케팅의 장으로 활용한 것은 물론, 세계 유수의 언론과 뉴욕, 런던, 파리, 상하이 등 세계적인 대도시에서의 대대적인 홍보를 통해 삼성의 브랜드 이미지를 제고시켜 나갔다.

호주 시드니에서 시작된 올림픽 성화 봉송에는 윤종용 부회장과 이윤우 부회장, 황창규 사장 등 6명의 삼성 임원이 주자로 나섰다. 이들은 회사의 이미지를 세계인들에게 새롭게 심어 주기 위해 홍보사절로 나서서 성화를 들고 스위스 로잔, 일본 도쿄에서 삼성의 이미지를 휘날리며 뛰었던 것이다.

특히 삼성은 아테네 올림픽의 공식 스폰서로 다양한 마케팅을 통해 글로벌기업으로서의 삼성의 이미지를 전 유럽인들에게 각인시켰다.

아테네 올림픽에서 '무선통신 분야'의 공식 파트너로 지정된 삼성전자는 2004년 올림픽을 치르기 위해 새로 건설된 아테네 베니젤로스 공항에서 유동인구가 가장 많은 출국장 입구에 1.8미터 높이의 애니콜 휴대폰 조형물을 설치해 세계인의 눈길을 끌었다.

섬유강화플라스틱FRP으로 제작된 이 조형물은 컬러폰T100, 인테나 카메라폰E700에 이어 세계적 히트가 예고되고 있는 초소형 슬라이드 카메라폰E800 모형이었다. 삼성전자는 이 제품을 올림픽의 상징으로 적극 홍보해서 유럽 시장에서 큰 효과를 거두었다.

그뿐만 아니라 대형 옥외광고를 비롯해 홍보관 등 다양한 현지 마케팅을 통해 세계적인 기업들과의 브랜드 각축에서 삼성 브랜드를 대대적으로 알려 나갔다.

아테네 올림픽 기간 동안 홍보팀 내 스포츠 마케팅 담당자, 무선총괄 마케팅 담당자, 구주지역 담당자, 제일기획 직원 등 400여 명의 임직원들이 현지에 파견되어 전 세계에서 몰려든 150만여 명의 방문자들에게 브랜드 마케팅을 효과적으로 진행한 것이다.

그리하여 1998년 나가노 동계올림픽 스폰서로 참여할 당시 32억 달러에 불과했던 브랜드 가치는 시드니 올림픽, 솔트레이크 동계올림픽, 아테네 올림픽을 거치는 동안 4.5배 이상 늘어난 137억 달러를 달성해 세계 20위의 브랜드로 뛰어오르며 일본의 간판 기업인 소니(28위)를 제치고 드디어 아시아 최고의 기업으로 자리 잡았다.

시드니 올림픽 당시 5.2%였던 시장점유율이 아테네 올림픽을 거치면서 12.5%까지 성장해 올림픽을 계기로 또 한 번의 큰 도약을 보여 주었다.

거기에 무엇보다도 주효한 것은 경쟁업체에 비해 한 발 더 빨리 개발을 진행해서 브랜드 이미지를 먼저 구축하는 삼성의 기본전략이었다.

영국 시사경제 주간지 〈이코노미스트〉는 2005월 1월 14일자에서 삼성전자의 브랜드 마케팅 전략에 전 세계가 놀라고 있다고 보도했다.

〈이코노미스트〉는 삼성전자가 1997년 외환위기를 극복하고 10년도 안 되는 짧은 기간에 깔끔한 디자인을 갖춘 혁신적 제품을 내놓음으로써 디지털 융합 시대를 주도하는 세계에서 가장 '쿨'한 브랜드로 성장했으며, 첨단기술과 현명한 브랜드 마케팅이 결합하여 삼성의 성공신화를 만들어 냈다고 평가했다.

| '월드베스트, 월드퍼스트' 전략

2000년대에 들어서 '월드베스트, 월드퍼스트' 전략을 지속적으로 추진해 온 삼성은 대표적 기업인 삼성전자를 비롯한 거의 모든 계열사가 여러 부분에서 세계 리딩 기업으로 도약하고 있다. 반도체, 휴대폰, LCD, 디지털 TV에서 세계 최첨단기업의 면모를 과시하고 있는 삼성은 몇 가지 부문에서 속속 기술의 벽을 깨며 세계 초일류 기업으로서의 면모를 보여 주었다.

일본 언론들의 호들갑스러운 삼성 배우기, 삼성 견제하기가 아니더라도 삼성의 위상은 세계적으로 공인받고 있다.

우선 삼성을 리드하고 있는 전자부문에서 반도체를 보자.

삼성은 D램에서 1992년 세계 1위를 차지한 이후 한 번도 1위 자리를 빼앗긴 적 없이 13년 동안 독보적인 자리를 굳혀 오고 있다. 또한 D램 반도체뿐만 아니라 낸드플래시메모리 부분에서도 세계 1위를 차지하면서 2004년 7조 원이 넘는 수익을 올렸다.

삼성은 최근 기술의 한계로 알려졌던 60나노 공정을 이용한 8기가 낸드플래시메모리를 세계 최초로 개발해 8기가 반도체 시대의 개막을 알렸고, 세계 최고속 667MHz 모바일 CPU, 세계 최대용량 80나노 2기가

DDR2 D램을 개발하면서 기염을 토하고 있다.

황창규 삼성전자 반도체총괄 사장은 최강의 경쟁력을 자랑하고 있는 반도체 부문에서의 자신감을 이렇게 피력하고 있다.

"현재 우리나라의 수출 1위 품목인 반도체는 5년, 10년이 지나도 위상이 그대로일 것이다. 반도체 시장은 나노기술이 모바일, 디지털, 유비쿼터스, 디지털 융·복합화 등의 추세와 맞물려 '빅뱅'을 예고하고 있기 때문이다."

그는 메모리와 비메모리의 동반성장을 통해 수년 내에 인텔을 제치고 삼성전자를 세계 1위의 반도체회사로 성장시킨다는 야심을 가지고 있다.

다음으로 디스플레이 부문을 보자.

1992년 반도체 D램에서 세계 1위를 차지한 삼성이 또 다른 도전을 하기 위해서 결정한 분야는 LCD사업이었다. LCD사업에 투자를 결정한 삼성은 과감한 투자와 기술개발에 전사적 노력을 기울였다. 그 결과 불과 5년도 안 된 1998년, 종주국 일본을 제치고 대형 LCD 분야에서 세계 1위에 올라서며 1조 원대의 흑자를 내기 시작했다. 이러한 성공은 사업 존폐의 압력과 IMF 위기를 디디고 이룩한 것이어서 더욱 값진 결과라고 할 수 있다.

삼성은 일반 브라운관에 이어 LCD, PDP는 물론 차세대 디스플레이로 개발이 한창인 OLED유기발광다이오드 등의 디스플레이 부문에서 '그랜드슬램'을 차지하며 세계 최강자로 자리매김하고 있다. 그것은 기술과 점유율 면에서 가장 앞선 것이기도 하다. PDP TV는 100인치의 벽을 깨고 102인치를, LCD TV는 세계 최대의 크기인 82인치를, OLED는 26만 풀컬러 17인치 제품을 개발해 발표했다.

삼성은 이미 FEDField Emission Display : 전계방출 디스플레이와 플렉서블 디스플레이Flexible Display : 일명 '두루마리 TV' 등의 최첨단 제품 개발에도 박차를 가해서 차세대 제품에서도 세계 1위를 고수한다는 방침을 세워 놓고 있다.

세 번째는 휴대폰 부문이다.

현재 휴대폰 부문에서 세계 1위의 기업은 핀란드의 국민기업인 노키아다. 노키아는 일찍부터 휴대폰사업에 뛰어들어 휴대폰만을 전문적으로 만드는 기업인 반면 삼성전자는 휴대폰에서 반도체, TV, 카메라 등을 제작하는 종합전자회사로서 불과 몇 년 만에 휴대폰 부문에서 세계 정상의 자리에 올라 세계인을 놀라게 하고 있다.

삼성은 2004년 점유율 면에서는 세계 2위를 차지했지만, 기술력을 바탕으로 한 고급브랜드 전략에 힘입어 수익 면에서는 노키아를 앞지른 것으로 알려졌다.

이기태 삼성전자 정보통신총괄 사장은 "전 세계 1위인 노키아를 언제 제칠 수 있다고 보느냐?"는 질문에 "업계 1위냐, 2위냐, 3위냐 하는 것은 그리 중요하지 않다. 최고의 우선순위는 시장점유율이 아니라 혁신적인 디자인과 진보적인 기술에 집중하는 것"이라고 밝히고 있다.

삼성은 전자 외의 부문인 건설 · 조선 부문에서도 일취월장해 공사비만 8억 8,000만 달러에 달하는 세계 최고층 건물인 버즈두바이 공사를 수주했다. 버즈두바이는 지상 160층에 높이 700미터, 연면적 15만 평에 달하는 세계 최고층 건물이 될 것이라고 한다. 이로써 삼성은 현재 508미터로 세계 최고층인 대만 TFC 101빌딩과 말레이시아 페트로나스 타워의 완공에 이어 세계에서 가장 높은 3개의 마천루를 모두 직접 시공하는 기록을 세우게 되었다.

삼성은 조선 부문에서도 세계 최대의 컨테이너선, LNG선, 심해용 원유시추선 등 고부가가치 선박 건조를 통해서 세계 선박 기술을 선도하는 기업으로 탈바꿈하고 있다. 2006년 거제에 있는 삼성중공업에 갔을 때 필자는 조선소 곳곳에 「2006년, 세계 일등. 꿈은 이뤄진다」는 표어가 붙어 있는 것을 볼 수 있었다.

삼성중공업은 2004년 발주된 9,000TEU Twenty-foot Equivalent Unit. 1TEU는 20피트 컨테이너 1대분 이상의 컨테이너선 21척 전량을 휩쓸어 세계 시장 점유율 100%라는 진기록을 달성하는 기염을 토하면서 초대형 컨테이너선 시장에서 강자로 부상하고 있다.

이학수 삼성 구조조정본부장은 2004년 12월 28일 기자간담회를 통해 2004년 한 해의 경영실적과 2005년의 경영계획을 발표하면서 삼성이 추구하는 안정적 초일류 기업에 대해 이렇게 말했다.

"구체적인 수치로 말하기 어렵고 품목마다 차이는 있겠지만 대체로 시장점유율, 수익 등에서 세계 3~5위에 들어야 한다. 이와 함께 수익구조, 재무구조도 세계시장에서 손꼽히는 정도가 되어야 한다."

| 세계적 기업들과의 전략적 제휴

2004년 12월 14일, 삼성전자와 일본 소니가 특허를 서로 공유하기 위한 포괄적 상호 특허사용 계약을 체결했다. 세계 전자업계의 라이벌 삼성과 소니가 특허 2만 건을 공유하면서 제품개발을 해 나가기로 했다는 이 소식은 세계 전자업계에 큰 파장을 일으켰다.

특히 2004년 한 해 동안 삼성SDI와 후지쓰, LG전자와 마쓰시타 등 잇따른 특허분쟁에 시달리고 있던 상황에서 삼성과 소니의 협력확대는 한 · 일 전자업계의 업체들에게 큰 놀라움으로 받아들여졌다.

양 사는 이 특허사용 계약에 따라 기초 반도체기술과 디지털 가전기술 등을 전면 공유하게 된다. 삼성과 소니가 이런 결정을 내린 데는 특허기술을 둘러싼 대립이 해당업체의 경쟁력 향상에 별로 도움이 되지 않고, 명분에 치우친 대립과 갈등보다는 현실적인 협력과 제휴가 더 효과적인 결과를 얻는다는 판단 때문이다.

하지만 양 사는 각 사 제품의 독창성과 시장에서의 건전한 경쟁 여건을 만들기 위해 '차별화된 기술특허' 와 '디자인에 관한 권리' 는 계약에서 제외시켰다. 차별화된 기술특허란 삼성전자의 경우 화질개선기술 DNIe과 홈네트워크기술이고, 소니의 경우 디지털 리얼리티 크리에이션 DRC과 플레이스테이션 아키텍처 등이다. 한편 삼성과 소니는 충남 탕정에 50대 50으로 투자한 LCD 7-1라인을 공동 생산하는 합작법인인 'S-LCD'를 설립해 차세대 시장을 선점하기 위한 연대를 강화하고 있다. S-LCD는 삼성전자와 일본 소니가 생산량의 절반씩을 가져가는데 양 사는 그동안 벌여 온 각종 표준화와 LCD 합작생산을 위한 제휴에 이어 특허제휴를 전격 체결함에 따라 양사의 신제품 개발기간을 단축하게 되어 시장주도권을 유지하는 데 큰 도움이 될 것으로 기대하고 있다.

S-LCD는 회사 설립 이후 처음으로 2005년 1,144억 원의 흑자를 기록했다. 이는 지난 2004년 초 설립 후 255억 원 적자, 2005년 2,136억 원의 적자에서, 설립 3년 만에 상당규모의 흑자전환에 성공한 것이다. S-LCD의 실적이 주목을 받는 이유는 이재용 삼성전자 전무가 설립 당시부터 등기이사로 경영에 참여해 왔기 때문인데, S-LCD가 이 전무의 경영후계 수업이란 측면에서 S-LCD의 실적은 업계의 높은 관심을 끌수밖에 없다. S-LCD의 흑자전환은 삼성전자는 물론 이재용 전무 개인으로도 상당한 의미를 가진 것으로 평가되고 있다.

원래 삼성전자는 산요, 삼성SDI는 NEC, 삼성코닝은 미국 코닝 사와 전략적 제휴를 맺어 성장, 발전해 온 경험을 가지고 있다. 후발업체로서 기술적 조언자가 필요했기 때문이다. 그러나 이제 초일류 기업으로 성장한 삼성은 세계시장을 주도하기 위해 세계적 기업들과 전략적 제휴를 맺고 있다. 삼성은 필요하다면 적과의 동침도 마다하지 않는데, 소니와의 제휴가 그 대표적인 경우일 것이다.

삼성전자는 도시바, IBM사 등 유수 기업과도 연이어 전략적 제휴를 성사시켰다. 그중에서 가장 기대가 큰 것은 5~10년 후의 캐시 카우로 홈네트워킹, 오피스네트워킹 중심의 디지털 가전 시장을 선점하기 위한 마이크로소프트와의 제휴이다.

삼성과 마이크로소프트 양 사는 홈네트워킹, 오피스네트워킹 제품들이야말로 디지털 컨버전스 기술이 총망라되는 새로운 제품군이 될 것이라는 전망 아래 서로가 가진 최대의 장점인 하드웨어와 소프트웨어를 결합한 것이다. 이는 산업화 시대 이래 인류의 삶을 지탱해 온 제품들의 개념을 송두리째 바꾸는 신산업을 일으킬 만큼 큰 영향력을 끼치리라는 전망이 나올 만큼 제2의 성장 모멘텀의 형성이라는 평가를 받고 있다.

마이크로소프트, 삼성, 소니는 이러한 디지털 컨버전스 시장을 선점하기 위해서 이미 치열한 전초전을 벌이고 있다. 그것은 세계적인 표준을 선점하기 위한 피나는 싸움이기도 하다. 마이크로소프트는 거의 모든 하드웨어를 생산하고 있는 삼성을 선택했고, 세계 최고의 소프트웨어업체를 파트너로 맞은 삼성은 향후 시장을 주도하는 데 유리한 고지를 점할 수 있게 되었다.

빌 게이츠 회장은 소니, 필립스 등 세계적 전자업체들을 제치고 삼성전자와 제휴를 맺은 데 대해서 이렇게 말했다.

"삼성은 제품이나 사업이 다양하고 강한 회사이기 때문에 우리는 제휴선을 잘 고른 것으로 믿는다."

또 삼성전자는 2010년부터 상용서비스될 4G 이동통신 시스템의 개발과 기술표준을 주도하기 위해 일본 제일의 이동통신사업자인 NTT도코모와 제휴를 맺었다. 이기태 삼성전자 정보통신총괄 사장은 이 제휴에 대해서 이렇게 밝혔다.

> "미국과 유럽이 주도하는 이통 시장에서 한국이 주도권을 가지기 위해서는 차세대 통신 표준을 선점해야 한다. 이를 위해 4G 분야에서 기술력이 앞선 일본 NTT도코모와 협력키로 했다. 삼성전자와 NTT도코모가 서로 장점이 있는 기술을 주고받으면 시너지 효과가 생길 것이다. 삼성과 NTT가 한국과 일본을 4G 기술의 '테스트 베드'로 삼기로 했다."

참고로 이동통신에서 1세대는 아날로그 방식, 2세대는 1990년대 중반 이후 디지털화된 개인휴대통신과 셀룰러폰, 3세대는 광대역 코드분할 다중접속WCDMA과 같은 IMT－2000 서비스를 말한다.

이제 다가올 4세대 이동통신은 이동 중에는 100Mbps, 정지 중에는 1Gbps급 속도를 제공하는 무선통신기술이다. 이것은 이동 중에 초고속 인터넷을 즐길 수 있게 해 줄 휴대인터넷보다 속도가 2배 이상 빠른 것으로 알려져 있다.

이렇게 마이크로소프트, IBM, 휴렛팩커드, 소니, 도시바 같은 세계적 기업들이 삼성과 전략적 제휴를 맺는다는 것은 무엇보다도 삼성의 경쟁력이 그만큼 강화되었음을 보여 주는 대목이다. 그들은 삼성과 제휴를 맺는 이유 중 하나로 삼성에 오면 '토털 솔루션'이 가능하기 때문이라는 점을 들고 있다. 유비쿼터스, 디지털 컨버전스 시대를 맞아 여러 기술과 제품이 융합되는 디지털 융합의 추세에 맞추어 삼성은 이미 그러한 기술과 시장을 가진 회사로 떠오르고 있는 것이다.

마이크로소프트의 경우 홈네트워크 시장의 세계표준을 선점하기 위해 여러 기업과 제휴를 모색했지만, 가전제품과 반도체칩 등을 직접 만드는 삼성과 제휴하는 편이 유리하다는 판단 아래 삼성과 손을 잡게 된 것이다.

어쨌든 삼성은 세계적인 기업들과의 전략적 제휴를 통해 차세대, 차차세대 시장을 선점하는 전략을 펴면서 공격적인 경영을 늦추지 않고 있다.

삼성전자는 초일류 기업으로서 글로벌경영을 위하여 현재 세계 곳곳에 24개의 생산 및 판매 복합 법인과 40개의 판매법인, 그리고 15개의 지점 등 48개국에 총 90개의 거점을 갖추고 있다.

아울러 유럽, 북미, 중남미, 동남아, 서남아, 중국, 독립국가연합 및 중동과 아프리카 지역에 모두 8개의 해외 지역별 총괄 체제를 운영하면서, 지역별로 차별화된 연구개발·마케팅, 서비스를 시행하여 초일류 기업으로서의 역량을 다져 나가고 있다.

삼성은 현재 글로벌인재경영과 더불어 새로운 10년을 위한 '준비경영'에 몰두하고 있다. 지금의 사상최대 이익에 안주하는 것이 아니라 미래에 무엇으로 먹고살 것인지를 위해 또 다른 변화의 길을 모색하고 있는 것이다. 이제 삼성은 성장 가능성이 무한한 회사임을 입증하면서 10년 후에도 지금과 같은 초일류 기업의 면모를 보여 줄 것이라는 평가를 받고 있다.

| 삼성 정보시스템

삼성경영의 또 하나의 장점을 들자면 일사불란한 커뮤니케이션을 들 수 있을 것이다. 21세기에 들어선 인류 사회는 많은 사람들이 상상하는 것보다 빠른 속도로 변해 가고 있다. 특히 인터넷의 급속한 발달과 보급은 전 세계를 실시간 비즈니스의 세계로 묶어 놓았다. 사람들은 지구 어느 편에 있거나 상관없이 동시에 새로운 뉴스와 상품을 만날 수 있고 지구촌 전체가 실시간 공감대에 빠져든다.

바야흐로 지식정보화 사회가 활짝 꽃을 피운 것이다. 삼성은 어느 기업보다 빨리 그러한 시대 변화의 내용과 방향을 알아차리고 투자를 아끼지 않았다.

이건희 회장은 여러 번 임직원들에게 "손가락으로 달을 가리켜 달을 보라고 했으나 달은 쳐다보지 않고 손가락만 쳐다본다"고 말한 적이 있다. 이것은 사내 커뮤니케이션이 제대로 작동되지 않았다는 것을 뜻한다.

"회장 지시가 12시간 이내에 과장급까지 전달되고 현장의 목소리가 24시간 이내 회장까지 전달되도록 내부 커뮤니케이션 시스템을 구축해야 한다."

이건희 회장은 1994년 신임 임원 교육에서 사내 커뮤니케이션의 중요성을 이렇게 강조했다. 이후 삼성은 1999년부터 정보화 비전을 수립하고 전사적 자원관리ERP 시스템인 '싱글'을 구축했다.

사내 정보공유 시스템인 싱글이 구축되어 가동되기 시작하자, 싱글을 통해 메일을 주고받은 건수는 하루 78만 5,000건이나 되었고, 정보를 공유하고 실무에 적용한 사람은 하루 4만 5,000명에 달했다고 한다.

삼성전자의 경우 싱글이 구축되던 해인 2001년, 재고물량을 평균 4조 1,000억 원 수준에서 2조 3,000억 원으로 대폭 낮췄고, 미회수채권도 4조 6,000억 원에서 2조 6,000억 원으로 무려 2조 원 이상 줄일 수 있었다. 또 삼성증권의 경우 사이버 거래 주문건수가 70%를 넘었으며, 약정액의 50%가 인터넷을 통해 이뤄졌다고 한다.

"글로벌기업 활동을 지원하라!"

이것은 초일류 기업이 되어 지구촌을 누비는 삼성의 새로운 슬로건이다.

삼성은 1단계 정보공유 시스템 싱글의 성공에 힘입어 2단계 정보화 작업을 추진한 결과 2003년 싱글을 한 단계 업그레이드시킨 '마이싱글'을 개발, 구축하는 데 성공했다.

정보통신부가 주최한 '2003년 대한민국 소프트웨어 공모대전'에서 최우수 소프트웨어로 선정되어 대상인 대통령상을 수상하기도 한 마이싱글은 전 세계에 흩어져 있는 18만여 삼성인들에게 메일, 결재, 일정·거래선 관리, 업무 관리 등을 통합적으로 이용할 수 있게 함으로써 사무 생산성을 크게 향상시켰다.

이제 삼성은 회장이 마우스를 눌러서 지시 사항이 담긴 서류를 보내면 18만 전 임직원이 리얼타임으로 받아 볼 수 있고, 즉각 업무에 반영시킬 수 있게 되었다. 국내뿐 아니라 해외 어디에서라도 웹 사이트와 마이싱글을 연결시켜 업무를 진행할 수 있게 됨으로써 전 지구촌의 사무 실화가 이룩된 것이다.

마이싱글의 개발과 구축 작업을 주도한 김태호 홍보팀 상무는 사내 정보 시스템이 가져다 준 성과를 이렇게 설명했다.

"마이싱글 구축으로 사내 정보 시스템의 수준이 몇 단계 높아져서 그룹 임직원들의 사무 생산성 향상에 크게 기여할 것으로 봅니다. 언제, 어디서나, 어떤 장비로도 이용 가능한 시스템을 만드는 데 역점을 두었기 때문에 마이싱글이 도입된 후 사무 생산성이 향상되고, 결재 시간이 크게 단축된 것으로 자체 평가하고 있습니다."

실제로 삼성은 마이싱글로 인해 사무 생산성이 20% 이상 향상되었고, 종전 51%에 불과했던 24시간 이내 결재 건수가 77%로 늘어나 결재 속도가 빨라졌다고 한다. 시스템 안정성 면에서도 마이싱글은 아주 강력한 기능을 가지고 있어서 시스템 개설 이후 단 한 건의 바이러스나 해킹으로 인한 피해 사례가 생기지 않고 있다. 이러한 사례는 글로벌경영을 주창하고 있는 선진 초국적 기업에서도 선례를 찾아볼 수 없는 것이라고 삼성인들은 자부심이 대단하다.

이로서 삼성은 첫째, 완벽한 고객관계관리CRM 구축, 둘째, 비즈니스 파트너와의 공조 체제인 공급망관리SCM, 셋째, 인터넷을 통한 전자상거래 확산에 대비한 가치경영VBM, 넷째, 지식경영KMS, 다섯째, 정보기술IT 인프라 확충 등 5개 시스템의 세부 목표를 달성함으로써 21세기 신경영이 목표로 하는 글로벌경영의 초석을 다지게 된 것이다.

삼성은 마이싱글을 글로벌기업 활동을 효과적으로 지원할 수 있는 최고의 정보통신 환경으로 더욱 발전시켜 나갈 계획을 가지고 있다. 마이싱글과 병행해서 삼성전자는 '삼성전자의 해외판매법인'과 '각 지역별 해외 거래선들'을 시스템 투 시스템 방식으로 연계하는 통합 네트워크인 'GSBNGlobal Samsung Business Network'을 성공적으로 구축했다.

GSBN의 구축은 전 세계에서 일어나는 구매, 판매, 재고, 운송, 결제 등의 상황을 실시간에 한눈으로 파악하게 함으로써 고객과 시장의 요구에 신속히 대응할 수 있게 해 주어 네트워크경영의 백미를 이루고 있다.

|구성원과의 의사소통

지금까지 우리나라 기업들은 기능·업무중심Task Centered Organization 으로만 움직여 왔다. 위에서 지시를 내리면 각 부서마다 문제가 있는 줄 알면서도 작업을 진행할 수밖에 없는 구조적 모순을 안고 있었던 것이다.

그러나 이러한 톱다운 방식의 조직운용은 인터넷이 등장하면서 점차 기능을 상실해 갔다. 많은 기업들이 인터넷을 통해서 고객의 소리뿐만 아니라 종업원의 소리를 듣게 되었기 때문이다. 종업원은 내부자이면서도 경영진과는 다른 시각을 가지고 있으므로 건전한 비판을 할 수 있는 입장이다. 그래서 혹자는 종업원은 제2의 고객이라는 논리를 펴기도 한다.

21세기에 들어서 기업 내의 많은 의사결정이 상명하복 식으로 이루어지는 게 아니라 사원들 스스로 결정하고 이러한 결정이 자연스럽게 위로 올라가는 식으로 바뀌었다. 이렇게 자연스러운 의사소통으로 관리자들은 사원들을 다그칠 필요가 없어졌고, 사원들이 효과적으로 업무를 진행할 수 있게 교육·자금지원 등을 해 줌으로써 사원들의 활동을 보조해 주는 역할을 하게 되었다.

이러한 환경에서 모든 조직의 부서는 자발적으로 고객만족을 위하여 창조적·신축적으로 의사를 결정하게 되었고, 이를 통하여 고객만족과 스피드경영은 매우 중요한 조건이 되었다. 이런 놀라운 변화는 지구촌 곳곳에서 일어나고 있으며, 기업경영의 중추적 역할을 하고 있다. 또한 기업의 경쟁력강화와 기업생존에 가장 중요한 요소로 인식되기 시작했다.

이러한 의사소통의 대표적인 예로 '제안제도'를 들 수 있다. 도요타 직원들은 한 해에 평균 530만 건의 아이디어를 제안한 것으로 집계되고 있다. 이는 1인당 평균 11개꼴로, 도요타의 경영철학이 뒷받침하고 있기 때문에 가능한 일일 것이다. 2001년에 도요타가 발표한 책자 '도요타 웨이'는 도요타 경영이념의 양대 축을 '지혜와 개선', '인간성존중'으로 요약하고 있다.

도요타는 전후 노동쟁의와 도산위기를 겪으면서 구미업체들과 경쟁하기 위해서는 인적자원의 역량을 최대한 이끌어 낼 수밖에 없다는 결론을 내렸으며, 이것이 '개선'의 원점이 되었다. 도요타는 이러한 직원들의 제안을 경영에 적극적으로 반영함으로써 기업을 젊게 하고, 융통성이 큰 조직으로 변신시켜 왔다.

이러한 제안제도는 삼성에서도 실시하고 있다. 삼성이 제안제도를 처음 실시한 것은 1993년으로, 이때 제안된 내용이 77만 건이었고 실제로 업무에 적용된 비율은 35%였다. 그러던 것이 1994년에는 제안이 190만 건으로 늘어났고, 그 다음 해인 1995년에는 600만 건, 1996년에는 800만 건으로 기하급수적으로 불어났다. 그리고 그렇게 제안된 안건에 대한 실시율이 94%나 되는 놀라운 효과를 나타냈다.

제안하는 사람에게는 상금을 주는데, 재미있는 것은 그 상금의 액수가 자기 봉급 액수보다 더 많은 사람들이 많다는 것이다. 삼성은 1년에 한 번씩 제안왕을 뽑아서 제안대상을 주고 있다. 1994년에 제안대상을 받은 박성수는 중졸 학력이었지만 1년에 3천 건이나 제안을 했고, 『제안이 바꾼 나의 인생』이라는 책을 펴내기도 했다. 그는 제안대상 상금 천만 원에 1직급 승격, 가족해외여행이라는 특전도 받았다.

그 후 삼성에는 기라성 같은 제안왕들이 배출되고 있다. 그들의 제안으로 삼성은 더 많은 수확을 거둬들이고 있고, 좀 더 고객에게 가까이 다가가는 제품을 만들어 냄으로써 세계 일등기업, 초일류 기업의 반열에 올라서게 되었다.

| 삼성의 종합화전략 : 선택과 통합

현재 삼성의 주력산업은 대부분 세계 수준의 기술력을 보유하고 있다. 따라서 개별 업종별로 '제 살길'을 찾으려 하기보다는 업종 간 협력을 통해 시너지를 높이거나 새로운 부가가치를 만들어 내는 게 효과적이라는 전망이 가능하다. 이처럼 삼성 계열사들이 모두 장밋빛 미래사업 전략을 펼치고 있는 것은 그간의 경영 실적이 탁월한 성과를 거둔 때문이다.

삼성은 지난 10여 년간 신경영을 하면서 '선택과 집중'에 전념했지만 결과적으로 '선택과 통합'에 더 큰 성공을 거두고 있는 셈이다. 그것은 삼성전자를 비롯한 각 계열사가 업종 간 협력을 통해 시너지를 높여온 성과 때문이다.

선택과 집중에 성공한 기업으로 세계제일의 이동통신업체인 노키아를 들 수 있을 것이다. 1865년 제지업으로 출발한 노키아는 140년에 달하는 오랜 역사를 자랑하지만, 글로벌기업으로 부상한 것은 불과 20여년에 지나지 않는다.

고무, 전선, 화학 등 다양한 분야로 확대성장을 지향하던 노키아는 1980년대 말 핀란드의 금융위기로 인해 몰락할지도 모르는 처지에 몰렸다. 당시 노키아 사장이었던 카리 카이라모가 갑자기 사망하자, 경영 실패의 죄책감을 이기지 못해 자살했다는 소문이 나돌 정도였다.

이런 노키아를 수렁에서 건진 것이 바로 선택과 집중을 통한 경영혁신이었다. 1992년 노키아 CEO로 취임한 욜마 오릴라는 취임과 동시에 업계 1위가 아니거나 1위가 될 가능성이 없는 사업은 과감하게 정리할 것을 선언했다.

노키아는 제지업으로 출발해서 고무, 펄프, 타이어, 가전제품, 컴퓨터를 생산하는 업체였다. 욜마 오릴라는 이 회사의 모체이자 근간이 되어 온 펄프사업을 비롯한 1위를 차지할 수 없다고 생각되는 모든 분야를 매각 처리하는 강력한 선택과 집중 전략을 추진했다.

그는 1988년 당시 매출 비중이 10% 정도에 불과했던 이동통신을 미래사업으로 채택하고 이동통신 단말기와 정보통신 인프라 부문만을 가지고 사활을 건 항해를 시작했다. 이후 노키아는 세계 최고의 이동통신 제품을 만들기 위해 매년 매출의 8~9% 이상을 연구개발에 쏟아 부으며 전사적 힘을 기울였고, 그것을 기본적인 기업정신으로 내세웠다.

노키아는 핀란드, 미국, 중국 등 14개국에 52개의 R&D센터를 설치하고 전 직원의 30%에 해당하는 1만 7천 명을 연구부문에 할당했다. 그 결과 노키아는 품질과 서비스 면에서 세계인에게 인정을 받게 되었고, 전 세계 휴대폰 시장의 35% 이상을 차지하는 세계 최강의 기업이 되었다.

노키아는 선택과 집중 전략을 통해 기업이 어떻게 세계시장에서 살아남는가를 보여 주는 모범사례라고 할 수 있다.

그러나 삼성은 업종전문화만이 최선은 아니라는 '종합화전략'을 펴고 있다. 무조건적인 긴축, 감량경영보다는 사업의 다각화가 오히려 조직의 역동성을 키워 주고 더 높은 성장과 높은 부가가치를 올리는 경우가 많기 때문이다.

요즘 삼성전자에는 전략적 제휴를 맺으려는 세계적인 기업들이 줄을 서고 있다. 마이크로소프트, IBM, 휴렛팩커드는 물론 소니, 도시바 등 일본의 유수 기업들까지도 삼성과의 제휴를 시도하고 있다. 그것은 삼성과는 '토털 솔루션'이 가능하기 때문이다. 앞으로는 많은 전자제품과 기기들이 퓨전화되거나 여러 기술이 융합되는 것이 일반적 추세일 것이므로 그것에 대한 기술과 시장을 모두 보유한 삼성 같은 회사의 가치가 높아질 것이다.

이를테면 마이크로소프트는 홈 네트워크, 오피스 네트워크와 관련된 세계표준시장을 장악하기 위해 여러 기업과의 제휴를 모색하고 있다. 그런데 삼성은 반도체 칩, LCD 패널, 가전제품 등을 일괄해서 직접 만들고 있으므로 마이크로소프트의 입장에서 보면 매우 편리한 상대라고 할 수 있다.

많은 전문가들은 삼성이 이러한 장점을 지니고 있기 때문에 소니를 제칠 수 있었고 2010년쯤에는 인텔, 노키아 등의 기업을 이길 수 있을 것이라는 전망을 내놓고 있다.

하지만 작금에 우리 사회에서 펼쳐지고 있는 반기업 정서가 삼성을 국민기업으로 만들어 나가려는 노력에 많은 어려움을 주고 있는 것도 사실이다.

삼성이 제2의 신경영에 성공하기 위해서는 앞으로 이런 기업가 정신을 북돋아 주고 장려해 주는 사회 분위기가 필수적이라고 볼 수 있다.

한국 기업들의 가장 큰 장점은 무엇보다 최고경영자의 모험정신이라고 말한다. 사실 재벌 1세대에 속하는 이병철, 정주영 등으로 대표되는 기업가들의 도전과 모험정신이 없었다면 한국경제는 지금과 같은 발전을 이룩하지 못했을 것이다. 그들은 일단 새로운 사업이 선정되면 위험을 감수하고 회사 전체의 역량을 집중해 현재의 한국 기업군을 만들어 냈던 것이다.

그러나 지금까지 우리 기업들은 선진기업들을 벤치마킹만 해 왔다. 모방과 흉내 내기는 안전한 순항을 보장할지는 몰라도 세계 일등을 하기는 힘든 법이다. 일부 기업은 더 이상 벤치마킹할 대상이 없는 최고단계에까지 올라와 있다. 벌써부터 일본, 중국 기업의 벤치마킹 대상이 되고 있는 삼성전자가 그 예라고 할 수 있다. 이제 우리 기업도 '월드 리더'로서 비전을 제시하는 능력을 갖추는 일이 시급해진 것이다.

☞ 글로벌경영 사례

|삼성의 인재 현지화 전략

삼성은 글로벌경영을 위해서 많은 사원들에게 막대한 투자를 아끼지 않는 것으로도 유명하다. 우수사원들을 선발하여 외국에 연수를 보내는 '해외지역전문가' 제도는 이건희 회장이 10, 20년을 내다보고 키우고 있는 국제화 인력이다. 이 제도는 1990년부터 시행 중인데 1년간 해외 각국에 파견하여 그곳의 언어와 문화를 습득하게 하는 것으로 영어, 중국어, 일어는 기본이고 현지어까지 마스터하고 '현지인화' 되어야 한다. 삼성은 사원 한 사람에게 연간 8,000만 원 이상을 투자하는 이 제도를 통해 그동안 2,500여 명의 전문가를 양성했다.

이에 대해서 이건희 회장은 이렇게 말하고 있다.

"입사 4년에서 5년이 되는 대리급을 1년간 외국에 보내 생활하게 하되, 업무 등 의무는 절대로 주지 못하게 했습니다. 그 나라의 언어를 하루 4시간 이상 공부하게 하는 것이 유일한 의무이고, 그 이외에는 모두 자유생활을 하도록 했습니다. 자동차면허증도 그 나라에서 한 번 더 따도록 하는 등 그 나라에 대해 깊이 이해하도록 하고 있습니다. '독신파견제'라고 하는 제도인데, 사원이 젊을 때부터 국제화를 체득하게 하는 제도로 매년 2,000만 달러를 투자해 40개국에 400명을 파견하고 있습니다. 앞으로 2배 내지 3배 정도는 늘릴 계획을 가지고 있고 과장 · 부장 등 간부급과 이사·상무까지 확대해 나갈 계획입니다.

또한 해외출장 때 하루 동안은 반드시 관광을 실시하고, 샘플용 선진 제품을 구입하면 회사가 지원하도록 하고 있습니다. 밤잠 안 자고 비행기 안에서 녹초가 되어 돌아오는 식의 출장은 더 이상 애사심이 될 수 없으니, 3일 걸리는 일이면 4일간을 보내 명소도 좋고 어디든지 그 나라의 문화를 익힐 수 있는 곳을 찾아 관광하도록 하고 있습니다.”

또 삼성은 스카우트한 해외인력이 빠져나가지 않게 여러 가지 지원책을 내놓고 있다. “20명을 확보하는 것보다 10명을 내보내는 것은 더 나쁘다”는 이 회장의 지론에 따라 해외인력이 국내에서 조기에 안정을 찾게 하기 위해 스카우트 과정에서 접촉해 온 실무자를 일정기간 함께 배치해서 업무에 적응하게 도와주고 있다.

삼성은 외국인을 위한 전담조직인 ‘콜센터’도 운영하고 있는데 주택, 병원, 자녀의 학교, 비자 문제를 해결해 주는 것은 물론 가족들의 불편사항까지도 꼼꼼히 챙기는 24시간 대기 체제로 전천후 지원을 해 준다.

기흥과 수원 공장의 식당에는 외국인을 위한 전용식당이 마련되어 있고, 해외인력들의 자녀교육 문제를 원천적으로 해결해 주기 위해 외국인고등학교 설립도 검토 중인 것으로 알려져 있다.

또 삼성은 해외인력의 경우 우수인재를 국내로 불러오는 데 그치지 않고 해외에 연구개발센터를 만들어 생활환경과 문화적 차이 등으로 한국에 들어오기를 기피하는 외국의 인재들을 현지에서 스카우트해 활용하는 전략도 세워 놓고 있다.

삼성은 이렇게 확보한 인재들을 통해서 미래 성장산업을 일으키고, 초일류 기업으로서의 입지를 더욱더 확고히 한다는 전략이다. 이에 대해서 이건희 회장은 『생각 좀 하며 세상을 보자』에서 이렇게 말하고 있다.

〈제품의 경쟁은 국가 간 경쟁을 의미하지 않는다. 가장 좋게, 가장 싸게, 그리고 가장 잘 팔 수만 있다면 한 제품의 생산, 판매를 위해 여러 국가의 자원을 활용해야 한다. 국내기업들도 국내 임금이 올라가고, 국내 입지조건에 한계를 느끼자 현지생산의 이점을 찾아 나서기 시작했다. 중국, 동남아의 값싼 노동력과 유럽연합의 적극적인 정부지원 등 더 나은 경영자원을 찾아 쉴 새 없이 이동하고 있다.

이제는 어느 나라에서 만드는가made in는 의미가 없어지는 반면, 누가 만드는가made by가 중요한 시대가 되었다. 예전에 국산제품 만들기가 우리의 지상과제였던 것처럼 이제는 세계 분업에 능동적으로 참여하여 세계적인 경쟁력을 갖추는 것이 새로운 시대의 사명이 된 것이다.

무국적 상품을 만들게 하는 경영환경을 우리는 초국적기업의 번창에서 실감한다. 초국적 경영은 기업의 국제화에서 진일보한 또 다른 형태의 기업경영이라고 할 수 있다.

기업에 있어서 지금까지의 국제화는 단지 해외시장에서 물건을 잘 팔기만 하면 되는 경제적 이유에서 이루어져 왔다. 원가를 줄이기 위해 노동비가 싼 지역에 현지공장을 건설하고, 물건이 팔리는 지역에는 판매거점을 세우는 식이었다.

그러나 '양적 국제화'는 어느 사이엔가 한계에 봉착하고 말았다. 그 나라에 뿌리를 내리지 않은 기업은 그 나라 소비자로부터 사랑받을 수 없다는 단순한 이유에서이다. 세계 유수의 선진기업들은 양적 국제화에서 한발 전진하여 '질적 국제화'를 추진하고 있다. 바로 초국적 경영이 질적 국제화의 실체라 하겠다.

기관차, 발전설비, 로봇을 만드는 중전重電 분야의 초일류 기업인 ABB는 세계 140여 개국에 1,300여 개의 자회사를 가지고 있다. 이 회사의 본사는 취리히에 있지만 본사를 비롯한 모든 자회사가 영어를 공용어로 쓰고 있고, 자회사의 경영활동은 현지인 경영자가 책임지고 결정한다.

우리도 모든 것을 국내에서 결정하겠다는 우물 안 개구리 식의 발상을 버릴 때가 왔다.〉

글로벌 전략에 따른 인재의 현지화는 나아가서 제품의 현지화를 요구하고 있다.

특히 삼성은 협소한 국내시장을 벗어나서 거대시장으로 떠오르고 있는 중국 시장을 집중 공략한다는 방침 아래 중국 현지에서 상품기획, 생산, 유통 등을 총괄하는 일괄사업 체제를 구축하여 향후 중국 시장을 제2의 내수시장으로 육성한다는 계획이다.

제6장
이건희의 리더십

"미래 변화에 대한 통찰력과 직관으로 기회를 선점하는 전략을 창조할 수 있어야 합니다.
그리고 혁신을 통해 항상 새로운 것에 도전하는 변화추구형이어야 해요.
또 경영자 스스로가 고부가가치 정보의 수신자, 발신자 역할을 할 수 있어야 합니다.
물론 국제적 감각은 필수요건이지요. 경영은 하나의 종합예술입니다.
사장이 무능하면 그 기업은 망한다 해도 틀림이 없을 정도로 경영자의 역할은 막중하지요.
그러나 의욕과 권한만 가지고는 안 됩니다.
종합예술가에 비유될 정도의 자질과 능력을 갖춰야 합니다."

_ 이건희 회장

What makes SAMSUNG one of the world's leading compenies?

1. 거대 기업 삼성을 끄는 힘

| 이건희의 어린 시절

삼성의 2대 회장 이건희는 1942년 경상남도 의령에서 삼성그룹 창업주인 이병철의 8남매 중 셋째 아들로 태어났다. 그는 태어나자마자 고향의 할머니 밑에서 자랐다. 어머니가 사업하는 아버지의 뒷바라지를 위해 대구에 나가 있었기 때문이다. 그가 엄마 품에 처음 안겨 본 것은 네 살 때였고, 그전까지는 할머니를 어머니로 알고 자랐다.

그 후에도 이 회장은 부모와 함께 지낸 추억을 거의 가지지 못하고 자라났다. 그는 초등학교 시절에 6·25 전쟁을 만나 피난을 다니는 통에 초등학교를 다섯 차례나 옮겨야 했고, 일본을 배우라는 아버지의 지시에 따라 초등학교 5학년 때 일본으로 유학을 떠나야 했다.

그는 일본에서 둘째 형 창희와 자취생활을 했지만 대부분의 시간을 혼자서 지내야 했다. 그때 소년 이건희는 혼자 보내는 시간을 영화 보기로 때웠다. 그 무렵 그가 본 영화가 1,300편이 넘는다고 한다. 그는 학교에 가지 않는 날에는 하루 종일 영화를 보며 지냈다.

그는 훗날 그 시절을 이렇게 회상했다.

"나면서부터 떨어져 사는 게 버릇이 돼서 내성적인 성격이 되었어요. 저희 남매들이 부모님과 함께 다 모인 게 손가락으로 셀 정도였습니다. 중학교 3학년 때 처음으로 모두 모이게 되어서 사진관에 연락해 사진을 찍은 적이 있으니까요. 그래서 그런지 지금도 혼자 있거나 떨어져 있는 건 아무렇지도 않아요. 그게 보통인 것 같아요. 가장 감성이 민감한 때에 일본에 머무르게 되어서 민족차별, 분노, 객지에서의 외로움, 부모에 대한 그리움, 이런 걸 다 느꼈습니다. 그래서 지금도 일본에는 뭐든지 지고 싶지 않아요. 상품은 물론이고 레슬링, 탁구, 뭐든지 일본에 이기면 즐거워요."

그래서 그는 어릴 때부터 말수가 적고 혼자 생각에 빠져 지냈다. 그는 일본에서 초등학교를 다니는 동안 영화와 책, 그리고 생각에 잠기는 것이 전부인 삶을 살았다.

일본에서 초등학교를 졸업한 후 그는 더는 외로움을 견디지 못하고 아버지를 졸라 서울로 돌아와서 중학교에 입학했다. 그러나 그는 한국에서도 외로움을 느끼고 잘 적응하지 못했다. 가족들은 각자의 생활을 하고 있어서 여전히 잘 만날 수 없었고, 친구도 쉽게 사귀지 못했다. 이 회장이 평소에 대외적으로 잘 드러나지 않는 성격을 가지게 된 것은 외로웠던 어린 시절의 영향이 크다고 볼 수 있다.

이 회장과 서울대학교 사범대학부속고등학교 동기생인 홍사덕 전 의원은 고교시절의 이 회장을 이렇게 회고했다.

"건희는 늘 깊은 생각에 빠져 있었다. '생각'이라기보다 '묵상'에 가까웠다. 그때도 지금처럼 무표정한 얼굴로 말이 없었다. 친구들이 말을 걸면 돌아오는 답은 '응', '아니' 뿐이었다. 동작도 느릿느릿했고 한 번도 놀라는 것을 보지 못했다. 그래서 '너는 천둥벼락이 내리쳐 다른 놈들은 다 기절해도 터덜터덜 집에 가서 다음날 아침에나 기절할 놈'이라고 놀려 줬다.

건희는 어쩌다 입을 열면 싱거운 소리를 잘했는데, 더러는 충격적일 만큼 독특한 시각과 발상을 내비쳤다. 그런 말을 앞뒤 설명도 없이 '본체'만 툭툭 던졌는데, 책깨나 팠다고 거들먹거리던 나도 한참을 생각해 봐야 겨우 뜻을 짐작할 수 있었다. 가령 '미국에서 차관을 많이 들여와야 미국의 이해관계 때문에 우리 안보가 튼튼해진다'라든가 '공장을 지어서 일자리를 많이 만드는 게 어떤 웅변보다 애국하는 길이다' 같은 이야기가 그런 말이다.

건희는 생각은 많았지만 그것들이 제각기 연결돼 하나의 얼개를 이뤘다. 여러 구조물이 공학적으로 긴밀하게 서로 연결돼 거대한 건물을 지탱하듯, 한 가닥의 실만 잡아당기면 실타래 전부가 풀려 나오듯, 그와 얘기해 보면 음악이나 미술에서 화두를 열어도 기업경영, 국가, 인류의 주제로까지 자연스럽게 이어졌다. 그는 북鼓 같은 친구였다. 작게 두드리면 작게, 크게 두드리면 크게 울려오는 북……. 그것은 묵상과 직관의 힘이었다."

이 회장은 고등학교를 졸업하고 1965년에 다시 일본으로 유학을 떠나 와세다 대학교에서 공부했다. 와세다 대학교 상과대학을 졸업한 그는 1966년 9월 미국 조지워싱턴 대학교 경영대학원에서 MBA 과정을 수료하고 귀국한 뒤 삼성그룹 경영 일선에 참여하기 시작했다.

❘ 이건희 회장의 업무스타일

이건희 회장은 재벌총수들 가운데서도 성격과 업무 스타일이 매우 특이한 인물로 평가받고 있다. 그는 회사 사무실에는 거의 출근하지 않고 집에 머무르며 업무를 본다. 앞에서 살펴보았듯이 어려서부터 혼자 지내는 데 익숙해져서 그룹 회장이 된 이후에도 대외적으로 언론 등에 거의 나서지 않고, 취미생활도 대부분 혼자 즐기는 쪽을 선호한다. 특히 젊은 시절에 혼자 사는 사람이 즐기는 취미인 애완견 키우기에 몰두했다는 것은 이미 유명한 이야기다.

그는 골프도 혼자서 치는 것을 즐길 만큼 남들과 번잡스럽게 어울리는 것을 좋아하지 않는다. 최근에 전경련의 재계 원로들이 집까지 찾아가서 회장직을 맡아 줄 것을 부탁했지만 결국 고사한 것도, 여러 가지 복잡한 이유가 있겠지만 남들과 어울리는 것을 싫어하는 그의 성격에 기인하는 것이라는 분석이다.

그는 늘 혼자서 생각하고 행동하는 습관에 젖어 있다. 그는 어떤 일에 한번 집중하면 거의 잠도 자지 않고 문제가 해결될 때까지 몇 날 며칠을 파고든다고 한다. 그러다 문제가 해결되면 48시간을 내리 자기도 한다고 한다. 사람들은 이러한 이 회장의 성격이 어린 시절을 외롭게 보내면서 형성된 것으로 분석한다.

이 회장의 생각의 깊이는 거의 철학자를 연상시킬 정도다. 그는 눈에 보이는 것보다 그 이면에 숨겨진 원리를 찾는 데 매우 집착하는 성격이다. 이 회장은 표정에 변화가 없고 말투도 어눌하지만 늘 깊이 생각하고 말을 꺼내므로, 그와 대화를 나누기 위해서는 문제의 핵심까지 알고 있어야 한다. 그래서 그를 보좌하는 사람들은 늘 긴장하고 꼼꼼히 준비를 해야 한다고 한다. 그는 그리 성격이 급하지는 않지만 엄격하고 빈틈없는 성격은 선대 회장을 많이 닮았다.

이건희 회장의 혈액형은 AB형이다. 알려진 바로 AB형의 성격은 합리적이고 비판과 분석이 명확하며, 한 가지만을 생각하는 것이 아니라 다양한 각도로 상황을 고려해 생각하기 때문에 여러 가지 일을 동시에 진행하는 것이 가능한 타입이라고 한다. 그런 면에서도 이 회장은 전형적인 AB형 성격이다.

그는 말수가 많지 않아 붙임성이 없고 무뚝뚝해 보이지만 남을 배려하고 이야기를 잘 들어 주며, 어려운 부탁도 받아 주는 유형의 사람이다. 노력하는 자기 모습에 만족하고 노력하는 자체에 의미를 두기 때문에 매사에 의욕이 넘치고, 무슨 일이든지 열심히 하려고 하기 때문에 대인관계에서 신선한 느낌을 준다. 가족은 물론 주변 사람들을 특별한 구별 없이 항상 공평하게 대하려고 노력하는 느낌을 많이 주기 때문에 대외적으로 언제나 깔끔한 성격이다.

그런가 하면 이 회장은 아는 것에 대해 욕심이 대단히 많고 본능적으로 효율이 높은 것에 매우 집착하는 사람이다. 그는 서재에 TV 세 대를 나란히 놓고 방송 3사의 방송을 동시에 보며 비교분석한다고 한다.

왕성한 호기심과 여러 분야를 파고드는 성격 때문에 이 회장은 아는 게 무척 많은 사람이다. 그는 기계나 첨단기술에 지대한 관심을 기울이고 있고, 일류 전문가를 만나면 토론으로 밤을 꼬박 새우기도 한다. 또 자동차나 전자제품 같은 것을 모두 해체했다가 다시 조립하는 것을 즐기기 때문에 사람들은 그를 '엔지니어 회장'이라고 부른다.

이 회장은 부회장 시절부터 세계 일류라는 것에 집요하리만큼 집착해서 각종 분야에서 두각을 나타내는 사람을 만나는 것을 무척 즐겼다. 이병철 회장은 셋째 아들을 후계자로 정할 때 풍부한 상상력을 바탕으로 시대를 멀리 내다볼 줄 아는 능력을 높이 샀다고 한다.

| 이건희 회장의 취미

이건희 회장의 취미는 놀라울 정도로 다양하다. 그는 레슬링, 승마, 골프, 탁구, 스키 등의 스포츠에서부터 음악, 영화, 스포츠카 몰기, 자동차 수집, 각종 기계의 분해와 조립, 개 기르기, 독서, 고서수집 등 다방면에 걸쳐서 거의 전문가 수준의 식견을 가지고 있다.

이 회장이 이처럼 다양한 취미와 높은 식견을 가지게 된 것은 재벌 2세로서 그가 가지고 있는 재력 덕분일 수도 있다. 어쨌든 그는 웬만한 사람은 엄두도 못 내는 다양한 분야에서 남다른 호기심과 에너지를 발휘하며 활동을 해 왔다.

그의 취미 중 가장 독특하고 괄목할 만한 성과를 거둔 것은 각종 기계의 분해와 조립이라고 할 수 있다. 그는 유학시절부터 중고차나 전자제품을 사서 그 원리를 알기 위해 뜯어보고 다시 조립해 보곤 했다. 그 결과 휴대폰이든 오디오든 웬만한 첨단기기를 직접 분해하고 조립할 수 있는 능력을 가진 것으로 알려져 있다.

일본과 미국 삼성 본사의 주요업무 중 하나는 선진제품의 개발동향이나 컴덱스쇼 등 전시회 관련 비디오나 신제품을 회장에게 보내는 것이다. 또한 삼성전자에서 개발하는 신제품은 항상 회장에게 가장 먼저 보내진다.

제품을 받아 본 이건희 회장은 GE, 노키아, 소니 등 경쟁사의 신제품과 삼성 제품을 비교한다. 그런데 놀라운 것은 단지 비교만 하는 게 아니라 직접 그 제품을 사용해 보는 것은 물론, 어떤 경우에는 제품을 분해해 보고 재조립해 보면서 매우 구체적으로 비교분석한다는 점이다. 삼성에서 라인스톱제도나 비교전시경영이 가능했던 것은 이 회장의 이러한 엔지니어 정신과 관련이 있다.

세상에는 컴퓨터작업은 직원들에게 시키면 된다고 믿는 경영자들이 많다. 그러나 이 회장은 "자신이 모르는 일을 하는 사람의 생산성을 무슨 수로 평가한단 말인가?" 하고 묻는다.

그는 생산관리와 품질향상은 설비생산성의 향상만으로 해결되지 않는다는 것을 알고 있다. 제품의 경쟁력은 생산량에 대한 경쟁력이 아니라 생산관리 방법의 경쟁력이라고 강조하면서 제품은 엔지니어 경영자가 만들어야 한다는 지론을 가지고 있는 것이다. 그 결과 그의 엔지니어

경영철학이 생겨났다. 이 회장의 취임 이후 삼성이 엔지니어 중심의 경영을 하게 된 데도 이러한 엔지니어링 정신이 작용한 것으로 평가받고 있다.

이 회장은 또 대단한 영화광으로 알려져 있는데, 각종 비디오와 CD를 수집하는 그의 취미는 전문가 수준이다. 그는 개를 좋아해서 진돗개를 길렀는데, 진돗개가 세계 애견계에서 이름조차 알려지지 않은 현실을 안타까워했다. 그래서 1993년 3월 세계애견연맹FCI에 '임시공인 품종'으로 진돗개를 등록하는 데 크게 기여했고, 그룹 차원에서 세계 공인 견종으로 정식 등록할 수 있게 진돗개의 세계화 프로젝트를 마련하라는 지시를 내렸다.

이 프로젝트는 삼성에버랜드에서 총괄하고 있는데, FCI의 케널클럽Kennel Club에는 현재 196견종만이 등록되어 있을 만큼 등록 기준이 엄격하다고 한다. 진돗개는 번식과 혈통검증 과정의 검증이 끝나는 2006년쯤에 정식으로 품종을 등록시킬 계획인 것으로 알려졌다.

한편 학창시절에 레슬링 선수로 활동하면서 전국 규모의 대회에 나가서 수상할 정도의 실력을 보였던 이 회장은 스포츠에 대한 관심 또한 지대하다.

그는 이미 1978년 제일모직 여자탁구단 창단식에서 "10년 안에 중국을 꺾으려면 지금부터 자질 있는 어린 우수선수를 찾아야 한다"고 강조한 바 있다. 그의 이러한 천재 키우기는 2004년 그리스 아테네 올림픽에서 삼성탁구단 소속의 탁구 신동 유승민 선수가 중국 만리장성의 벽을 넘어 금메달을 따면서 다시 한 번 진가를 발휘했다.

또한 그는 한국레슬링협회 회장을 맡았는데, 해외에 나갈 때마다 유럽 등 레슬링 강국의 훌륭한 선수나 코치를 발견하면 아무리 오지라도 찾아가서 그들의 경기 모습을 보고 기술을 배워 왔다. 그리고 특히 훌륭하다고 생각되는 사람은 국내에 초청해 우리 선수들이 많이 배울 수 있게 했다. 그 결과 한국은 올림픽에 출전해 레슬링 부문에서 많은 메달을 따냈다.

이 회장은 자신이 취미로 하는 스포츠를 경영에 도입해 성과를 거두는 재능을 가진 사람이기도 하다. 그중에서 그의 골프철학은 유명하다. 그의 경영철학에서 '골프'는 빼놓을 수 없는 키워드라고 할 수 있다. 그는 자기 일에서 프로가 되는 법에 대해 골프를 예로 들어 이렇게 설명했다.

"드라이버가 250야드 나가는 사람이 10야드 더 내려면 근육이나 손목의 힘, 그리고 목 힘이 달라져야 한다. 제로 야드 내는 사람이 50야드 내려면 굉장히 쉽지만, 150야드에서 160야드로 10야드 더 보내기란 제로에서 100야드 보내는 것보다 더 힘들다.

왜 혼자서만 개발하려고 하는가? 이것은 애사심이 아니다. 우리 실력으로 안 되면 결국 언젠가는 같은 기술을 또 도입해야 한다. 골프와 비교하면, 프로가 하는 것을 보고 혼자 연습하다가 도저히 백 타를 못 넘기고 결국 프로한테 배우러 가는 것과 같다."

그는 골프도 싱글을 쳤으나 몇 년 전 발목 부상을 입은 뒤 라운딩을 삼가하고 있고, 그 대신 스키를 새로 즐기고 있다. 이 회장이 환갑을 넘긴 나이에 새롭게 스키를 선택한 것은 스피드경영에 대한 철학을 보여주기 위한 것이라고 한다

2005년 2월 15일, 이 회장은 당시 구조조정본부장인 이학수를 포함한 구조조정본부 팀장들을 강원도 평창의 한 스키장으로 불러들였다. 그는 같이 스키를 타면서 스키와 경영기법에 대해 이렇게 비교하는 말을 했다.

"탄력을 받았을 때 더욱 조심스럽게 타야 하는 것이 스키의 특징이다. 삼성이 지난해의 실적을 발판으로 초우량기업의 대열에 올라설 수 있도록 위기의식을 가져야 한다."

그는 이처럼 자신의 취미를 통해서 경영철학을 만들어 내고, 전사全社적인 힘을 기울여서 올인하게 만드는 비상한 재주를 가지고 있다.

또한 이 회장의 이러한 취미활동과 철학은 다양한 독서에서 나온다고 볼 수 있다. 그는 얼마 전 한 언론과의 인터뷰에서 새로운 트렌드를 제시하거나 정치 · 경제 · 사회 각 분야의 현상을 깊이 있게 분석한 책들을 찾아서 보는데, 한 달에 평균 20여 권의 책을 읽는다고 말한 적이 있다.

그는 경영학 서적보다는 미래과학, 전자, 우주, 항공, 자동차, 엔진공학 등 이 · 공학 관련 서적을 많이 읽고, 특히 세계적으로 권위 있는 잡지를 정기적으로 읽으면서 지식을 쌓는 등 취미활동을 하고 있다. 잡지로는 일본의 권위 있는 경제지 〈닛케이 비즈니스〉와 〈트리거〉, 〈다이아몬드〉, 미국의 〈포브스〉 등을 주로 읽고, 기타 자동차와 개 기르기, 예술 분야의 잡지를 즐겨 읽는 것으로 알려져 있다.

|이건희 회장의 삼성경영

이 회장의 그림자이며 '신경영 전도사'라는 평가를 받고 있는 이학수 삼성 전략기획실장은 최근 이 회장의 '20년 경영'을 이렇게 평가했다.

"반도체 투자 같은 천문학적인 액수는 보통의 최고경영자들은 쉽게 결정을 내리지 못한다. 한때 잘나갔던 일본 반도체업체들도 CEO들이 결단을 내리지 못해 투자시기를 놓쳤다. 반면 삼성은 이 회장이 전략을 제시하고 투자를 결정해 줌으로써 강력한 리더십이 생긴다. 계열사 사장들은 회장의 비전 제시를 책임감 있게 충실히 이행하고, 구조조정본부는 이 과정에서 정보 분석 등 보좌업무를 수행한다. 삼성의 힘은 이 같은 '삼각경영시스템'에서 나온다고 자타가 공인하고 있다. 사장을 비롯해 임직원들이 '우리 회장'을 진심으로 따르고 승복하니까 이 같은 영향력이 나오는 것이다."

삼성 2기를 성공적으로 장식한 이건희 회장은 거기에 만족하지 않고 잘나갈 때 위험이 닥쳐올 수 있다고 강조했다. 그는 앞으로 10년 동안 무엇으로 먹고살 것인가를 항상 궁리하고 10년 후의 미래를 준비해야 한다고 말한다.

이건희 회장은 2006년 신년사에서 "삼성은 오랫동안 선진기업들을 뒤쫓아 왔으나 이제는 쫓기는 입장에 서 있다"고 진단하고, "앞으로 제 2, 제3의 신화를 창조하지 못한다면 지금까지의 성공도 의미 없는 과거사에 불과하게 될 것"이라고 임직원들을 향해 중단 없는 공격경영을 계속할 것임을 선언했다. 또한 그는 "치열한 국제 경쟁에서 살아남기 위해 그동안 앞만 보고 달려오면서 이웃 사회와 함께 상생의 길을 걷는 데 소홀하지는 않았는지 돌이켜 보아야 할 것"이라고 말하며 국내 일각에서 일고 있는 삼성독주론을 상생경영으로 풀어 나갈 것을 밝히기도 했다.

최근 미국의 시사주간지 〈뉴스위크〉는 '세계경제에 영향력을 미치는 8인' 중 한 사람으로 이건희 회장을 선정했다. 잡지는 '누가 힘을 가졌는가Power : Who's Got It Now' 라는 제목의 커버스토리에서 이건희 회장이 카리스마를 지닌 인물이며, 그가 주장한 '강소국론', '천재경영론'이 한국 사회의 많은 부분을 움직이고 있다고 소개했다. 삼성그룹이 세계 초일류 기업의 위상을 지니고 한국경제의 대표주자가 된 것은 이건희 회장의 리더십에 힘입은 바 크다고 할 수 있다.

그는 회사에 출근하는 시간은 물론 출근하는 날짜마저도 일정치 않고 잠자리에 드는 시간이나 기상하는 시간도 일정치 않은 것으로 알려져 있다. 선대 회장이 기강과 규율을 중시했다면 이건희 회장은 지식정보화 사회를 이끄는 경영자답게 유연성과 자율에 더욱 가치를 두어 며칠 밤을 새워 한 가지 일에 몰두하는가 하면 24시간 이상 숙면에 빠지기도 한다.

한국 사회에서 이건희 회장에 대한 평가를 제대로 하기 시작한 것은 근래의 일이다. 처음 그가 삼성호의 새로운 선장이 되었을 때 사람들은 우려의 시선을 보냈다. 선대 회장이 워낙 강력한 리더십과 카리스마로 그룹을 이끌었기 때문이다.

이 회장은 제2 창업 선언과 신경영 선언 등으로 2대 회장 체제를 공고히 하는 데 진력을 다했다. 신경영 선언 이후에는 잠시 '이건희 신드론'이라고 불리는 현상이 일어나면서 삼성 자체는 물론 국민들에게도 반향을 얻었지만, 그 현상은 IMF 외환위기를 맞아 일시에 잦아들고 말 았다. 특히 삼성자동차의 실패는 그에게 사회적 지탄과 함께 실패한 기 업인이 될지도 모른다는 우려의 시선을 보내게 만들었다.

그러나 이 회장은 그런 눈총과 평가에도 불구하고 질경영 위주의 신 경영 체제를 줄기차게 밀고 나갔다. 그는 잘못된 것에 대해서는 책임을 지겠다는 소신에 따라 삼성자동차의 실패에 따른 책임을 지기 위해서 자신의 삼성생명 주식 400만 주를 내놓는 한편 반도체, 휴대폰, LCD 부 문에 사운을 건 과감한 투자를 해 나갔다.

삼성은 2000년대 들어 눈부신 성공신화를 만들어 내면서 이 회장을 세계 초일류 기업 CEO의 반열에 올려놓았다. 2004년 11월 19일, 영국 의 유력 경제일간지 〈파이낸셜타임즈〉는 경영컨설팅 업체 프라이스워 터하우스쿠퍼PwC와 공동으로 25개국, 1,000여 명의 고위경영자와 오피 니언 리더들을 상대로 '세계에서 가장 존경받는 기업'에 대한 설문조사 를 실시했다. 그 결과 이건희 회장이 한국인으로서는 유일하게 '존경받 는 세계 재계 리더' 21위에 선정되었다고 보도했다. 또한 삼성은 '존경 받는 세계기업' 순위에서도 32위를 기록해 38위에 그친 경쟁사 인텔을 앞질렀다.

또한 2005년 4월 10일 미국의 시사주간지 〈타임〉은 TIME100세계에 서 가장 영향력 있는 인물 100인에서 이건희 회장을 국내기업인으로는 처음으 로 선정해 삼성의 높아진 위상을 확실히 보여 주었다.

이 잡지는 삼성이 컴퓨터 모니터, LCD 패널 및 메모리칩에서 세계 1위의 기업이며, 휴대폰 부문에서도 선도기업의 위치를 차지하고 있고, 다른 나라의 동종업계 기업들이 고전하고 있는 가운데서도 지난 2년간 160억 달러의 순이익을 기록했다고 밝혔다.

이 잡지는 이건희 회장의 다음과 같은 말을 소개하면서 그의 경영철학을 설명했다.

> "나는 경영진들에게 절대 현실에 안주해서는 안 된다고 강조한다. 상황에 대응하는 경영이 아니라 미래를 창조하는 경영을 하고 있다."

이건희 회장의 리더십은 시대의 흐름을 읽는 선견력과 카리스마 있는 실행력에서 나온다는 것이 많은 사람들의 평가이다.

최근 이 회장이 "정신 차리지 않으면 5—6년 후 혼란이 온다"며 한국경제 위기론을 언급한데 대해서도 정치권의 각 정당 및 정파는 "한국경제의 새로운 전환점을 마련해야 할 시기"라며 공감을 표시하고 있다. 국회 재경위원인 한나라당 윤건영 의원은 이렇게 공감을 표하고 있다.

"우리 경제가 오랫동안 활력을 잃었기 때문에 빠른 시일 내 회복시켜서 정상적 궤도에 진입시키지 못한다면, 장기적으로 어려운 나라가 될 가능성이 높다. 새로운 정책으로 경제에 활력을 불어넣도록 해야 한다. 이 회장의 시각에 상당한 타당성이 있다고 본다."

또 열린우리당 최재성 대변인도 동의를 표하며 이렇게 말하고 있다.

"기업인으로서 우리 경제에 대한 걱정과 책임감을 얘기한 것으로 본다. 항상 경계해야 하는 바를 언급한 것으로 정부, 기업 모두가 한국경제의 새로운 전환점을 마련하도록 노력해야 한다."

이처럼 정치인들이 이 회장의 진단에 동의를 표하고 나선 것은 이 회장의 시대의 흐름을 읽는 선견력과 리더십에 동의를 표하고 있기 때문이다.

2. 미래를 읽는 선견력

|이건희 회장의 선견력 : 반도체사업의 시작

이건희 회장의 사업에 대한 선견력은 일찍이 반도체사업의 미래를 내다보는 데서부터 나타났다고 보는 것이 옳을 것이다.

그는 일찌감치 반도체가 전자산업의 씨앗이 될 것이라는 것을 인식하고 반도체사업에 투자할 것을 아버지인 이병철 회장에게 건의했다. 1974년의 일이었다. 이건희는 당시 동양방송의 이사를 지내고 있었고 갓 서른 살을 넘긴 청년이었다.

하지만 이병철 회장은 반도체의 중요성을 인지하지 못하고 있었고, 비서실에서도 사업 전망에 대한 확신을 갖지 못했다.

반도체사업의 미래에 대한 확신을 가지고 있던 이건희 회장은 마침

경영 위기에 몰려 있던 국내 최초의 웨이퍼 가공업체인 한국반도체를 자신의 사재를 털어서 개인적으로 인수하는 단안을 내렸다.

그것이 나중에 삼성 반도체의 시발점이 된 삼성전자 부천 반도체공장이다.

"내가 기업경영에 몸담은 것은 66년 동양방송에서부터였다. 처음 입사한 그때부터 지금까지 많은 어려움을 겪고 결단의 순간을 거쳤지만, 지금 와서 보면 반도체사업처럼 내 어깨를 무겁게 했던 일도 없는 것 같다. 사실 나는 어려서부터 전자와 자동차 기술에 남다른 관심을 가지고 있었다. 일본 유학 시절에도 새로 나온 전자제품들을 사다 뜯어보는 것이 취미였다. 수많은 전자제품을 만져 보면서 나는 자원이 없는 우리나라가 선진국 틈에 끼여 경쟁하려면 머리를 쓰는 수밖에 없다고 생각하게 되었다. 특히 73년에 닥친 오일 쇼크에 큰 충격을 받은 이후, 그동안 내 나름대로 한국은 부가가치가 높은 첨단 하이테크 산업에 진출해야 한다는 확신을 다졌다. 74년 마침 한국반도체라는 회사가 파산에 직면했다는 소식을 들었다. 무엇보다도 '반도체'라는 이름에 끌렸다. 산업을 물색하면서 반도체사업을 염두에 두고 있던 중이었다. 시대 조류가 산업사회에서 정보사회로 넘어가는 조짐을 보이고 있었고, 그중 핵심인 반도체사업이 우리 민족의 재주와 특성에 딱 들어맞는 업종이라고 생각하고 있었다. 우리는 '젓가락문화권'이어서 손재주가 좋고, 주거 생활자체가 신발을 벗고 생활하는 등 청결을 중시한다. 이런 문화는 반도체 생산에 아주 적합하다. 반도체 생산은 미세한 작업이 요구되고 먼지 하나라도 있으면 안 되는, 고도의 청정 상태를 유지해야 하는 공정이기 때문이다."

그 후, 우여곡절 끝에 이병철 회장은 반도체의 중요성을 인식하게 되었고, 반도체사업에 본격적으로 손을 대기 시작했다.

지금은 삼성전자뿐 아니라 한국경제를 먹여 살린다는 평을 받고 있는 반도체지만 처음부터 순탄한 과정을 겪었던 것은 아니다.

사업 초기 삼성은 후발주자로서 선두업체와의 간격을 하루빨리 줄여

야만 할 절체절명의 필요를 느끼고 있었지만 기술 확보에 무진 애를 먹고 있었다.

이병철 회장은 고민 끝에 평소 친분이 있던 일본 NEC의 고바야시 사장을 초빙하여 기술지원을 정중하게 요청했다. 그러나 1976년 NEC 엔지니어들의 방한이 이루어졌지만 그들은 차일피일 핑계를 대며 기술이전을 기피했고 삼성 반도체는 적자를 면치 못했다.

당시 부회장이었던 이건희는 반도체의 시련을 극복하기 위해서 반도체에 대한 선진 기술을 가지고 있던 미국 페어차일드사를 여러 차례 방문하여 기술이전을 요청한 끝에 삼성 반도체 지분의 30%를 내놓는 조건으로 승낙을 받아 냈다.

삼성은 지분을 양보하더라도 기술 도입이 필요하다는 판단 아래 협상에 들어갔다.

그런데 더 큰 문제가 발생했다. 기술 도입을 위해 미국 현지에 파견되었던 실무진이 "삼성의 기술수준으로는 신기술에 도전할 수 없다"는 결론을 내린 것이었다.

더 이상 반도체사업을 방치할 수 없다고 판단한 이병철은 1982년 2월 8일 도쿄에서 사운을 건 유명한 '도쿄선언'으로 반도체사업 본격화를 선언했다.

삼성이 반도체사업 본격 진출을 발표하자 외국에서는 냉소적 반응이 잇따랐다. 국내에서도 반도체보다는 '신발 산업에 투자하는 것이 훨씬 나을 것'이라는 등의 비판의 목소리가 나왔다.

그러나 삼성은 기흥 반도체공장 건설에 설계와 공사를 병행해서, 통상 1년 반이 걸리는 공사를 6개월 만에 완공하였고, 제품 생산을 2년이나 단축했다. 이렇게 전력투구를 기울인 결과 1983년 12월에 미국, 일본에 이어 세계에서 세 번째로 64K D램 독자 개발에 성공해서 세계를 놀라게 했다.

그러나 당시 D램 시장은 이미 포화상태였고 미국은 일본의 칩 메이커들에 반덤핑 관세를 매기기에 바빴다. 거기에 일본 업체들의 가격을 대폭 낮추는 치열한 견제가 이어졌다.

1984년과 1985년에 전 세계는 극심한 반도체 불황에 빠져들었고 삼성은 64K D램에 성공했지만 1천억 원의 손실을 감수해야 했다. 당시의 불황은 인텔마저 D램 사업을 포기하게 만들었지만 삼성은 오히려 256K D램, 1M D램 등 설비 투자를 늘리며 버텨 나갔다. 많은 사람들이 그때 삼성이 버티지 않았더라면 지금의 삼성은 없었을 것이라는 데 동의하고 있다.

하지만 삼성의 사운을 건 반도체사업은 이병철 회장의 생전에는 빛을 발하지 못했다.

삼성 반도체는 계속적인 적자를 면치 못하다가 이병철 회장이 작고한 지 1년 뒤인 1988년에 이르러서 그동안의 누적적자를 메우고도 3,000억 원이 넘는 흑자를 내는 경이적인 성장을 이룩해 냈다.

이건희 회장이 시동을 건 삼성의 반도체사업은 묘하게도 창업주가 타계한 이듬해부터 흑자구도를 만들어 냄으로써 2세 경영인인 이건희 회장의 입지를 공고히 굳히고, 선친의 그늘로부터 벗어나 그룹 총수의 자질을 검증받게 만드는 절묘한 타이밍을 제공해 주었다.

그 후 삼성 반도체는 D램 반도체 분야에서 13년째 세계 1위를 고수하고 있고, 삼성을 먹여 살리는 효자 노릇을 톡톡하게 하고 있다.

반도체사업에 대한 그의 선견력을 가진 투자 결정은 10년 뒤에 비로소 꽃을 피운 셈이고, 그것은 삼성이 세계 최고의 IT 기업으로 성장하는 데 결정적인 역할을 한 셈이다.

2000년, 삼성전자가 6조 원의 흑자를 내자 세계시장이 호황인 탓이라고 보는 시각이 우세했다. 그러나 다음해 전 세계적인 IT업계의 불황이 몰아닥치고 세계적인 기업들이 적자의 늪에 빠져들 때도 2조 9,000억 원의 흑자를 내고, 2002년, 2003년, 2004년에도 지속적인 대규모 흑자를 내자 전 세계가 삼성을 주목하기 시작했다.

2004년 12월 6일, 삼성은 반도체사업 30주년 기념식을 갖고 2010년까지 25조 원을 투자해 누적매출 200조 원을 달성하고, 신규 일자리 1만개를 창출하기로 결의했다. 12월 6일은 이건희 회장이 1974년 사채를 털어 한국반도체를 인수한 날이다.

직관력이 뛰어난 오너의 리더십

삼성의 이러한 변신은 직관력이 뛰어난 오너의 리더십 덕분이었다.

이건희 회장은 비록 IMF를 예견하지는 못했지만 언젠가 다가올 미래의 불확실함에 대비해서 신경영을 통한 구조조정에 성공한 탓에 IMF위기를 초일류 기업으로 도약하는 지렛대로 삼을 수 있었던 셈이다. 여기서 이건희의 직관과 선견력이 빛나는 것이다.

외국 언론들도 삼성이 외환위기를 딛고 불과 몇 년 만에 세계 초일류 기업의 반열에 우뚝 선 것을 이건희를 정점으로 하는 삼성 CEO들의 탁월한 리더십이라 격찬하고 있다.

경제학자 롤프 H 칼슨은 "오너십이 기업운명을 좌우한다"고 말하고 있다.

삼성전자가 초일류 기업으로 성장하는 데는 여러 요인들이 복합적으로 작용했지만 그중 가장 중요한 역할을 한 것은 그룹 총수인 이건희의 강력한 오너십이다.

그는 수줍은 듯한 몸짓과 어눌한 말을 구사하고 있지만 당면하는 문제마다 시대를 리드하는 화두를 제시하며 삼성인들을 일사불란하고 기민히 움직이게 만드는 카리스마를 가지고 있었다.

위기를 기회로 활용하여 삼성의 경쟁력을 높일 수 있었던 것도 그의 리더십이 크게 작용했기 때문이다. 만약 그의 시의적절한 오너십이 발동되지 않았다면 사업 위험이 큰 반도체, LCD 사업은 꽃피우지 못했을 것이다.

그는 사람들이 눈앞에 서 있는 나무만 보고 숲을 볼 줄 모르기 때문에 미래는 물론 자신의 업이 무엇인지도 모르는 삶을 살게 되는 것이라 말하고 있다.

"나는 일하고 챙기는 데 내 나름의 몇 가지 원칙과 습관이 있다. 먼저 목적을 명확히 한다. 보고를 받으려면 보고의 목적과 결정해야 할 일을 분명히 한다. 다음은 일의 본질이 무엇인가를 파악한다. 본질을 모르고는 어떤 결정도 하지 않는다. 본질이 파악될 때까지 몇 번이고 반복해서 물어보고 연구한다.

나는 삼성의 임직원들에게 '업의 개념'에 대해 자주 이야기한다. 그런데도 '당신이 하는 일의 '업의 개념'이 무엇이냐? 고 물으면 대부분의 사람들이 당황한다. 대답할 준비가 되어 있지 않기 때문이다. 자기가 하는 일의 본질이 무엇인지를 깊이 생각해 보지 않는다는 의미이다. 손을 들어 달을 가리키며 달을 보라고 외치는데 달은 보지 않고 손만 쳐다보고 있다면 어찌 되겠는가?

목적과 본질 파악이 나의 원칙이라면 숲을 먼저 보고 나무를 보려고 하는 노력은 나의 습관이다."

나무보다는 숲을, 겉모습보다는 본질을 제대로 파악하려는 노력은 그에게 업의 개념을 파악하게 만들어 주었고, 그것은 삼성의 주력사업인 IT 전 분야에 걸쳐서 전문가적 지식을 가지게 했으며 직관의 힘을 실어 주었다고 볼 수 있다.

앞에서 살펴보았듯이 그는 반도체사업의 중요성을 미리 알아채고 삼성이 반도체사업에 뛰어들게 만들었으며, 그 후에도 고비고비마다 대담한 투자를 통해서 삼성을 반도체 1위의 업체로 끌어올리는 견인차 역할을 했다.

그가 얼마나 정확하게 앞날을 내다보며 시대를 선도하는 리더십을 발휘하고 있는가 하는 실례를 찾아보자.

1980년대 말과 1990년대 초의 장기 불황으로 일본 반도체 업체들이 투자를 망설이고 있을 때, 이건희는 1메가 D램과 4메가 D램 사업에 과감한 투자 결정을 내리고 돈을 쏟아 부었다. 신임 회장에 취임한 그는 1988년 삼성전자와 삼성 반도체, 통신을 합병하면서 반도체 투자에 그룹의 사운을 건 투자를 감행한 것이다. 당시는 반도체가 대규모 적자를 내고 있던 상황이라 가전 쪽 주주들의 반발이 적지 않았다. 이건희는 반도체사업 성공을 확신했음으로 강한 집념으로 어려움을 극복해 냈다. 거기서 삼성이 확실한 승기를 잡았고 1992년 D램 부분에서 당당히 세계 1위에 올랐다.

1989년 어느 날, 사장단 10명, 비서실 팀장 10명과 점심식사를 할 때였다. 그는 당시 비서실장이던 소병해에게 뜬금없이 물었다.

"삼성전자가 언제쯤 이익 1조 원을 낼 수 있을까요?"

참석자 전원은 질문 내용이 다소 황당해서 무슨 말인가 하고 의아해했다. 1983년에 본격적으로 시작한 반도체사업은 1986년까지 누적적자가 1,300억 원에 달했고, 1987년에는 삼성이 반도체 때문에 망한다는 소문까지 떠돌 정도였다가 1988년에야 겨우 흑자로 돌아섰던 시절이었다.

그때 소병해 비서실장은 별로 자신 없는 목소리로 대답했다.

"10년 정도 지나면 되지 않겠습니까?"

여기서 10년이란 표현은 1조원은 당장은 생각도 못할 수치라는 이야기에 다름 아니었다. 그러나 이건희 회장은 갑자기 정색을 하며 말했다.

"아닙니다. 나는 2~3년 내에 1조원을 낼 거라고 생각합니다."

그런데 3년 후인 1992년, 삼성전자는 그 2배인 2조 원의 경상이익을 내기 시작했다.

이 같은 이건희 회장의 선견력은 젊은 시절부터 끊임없이 기계를 뜯어보고 조립하면서 터득한 기술적 노하우와 선진국의 시사, 경제, 첨단 기술 잡지와 과학 다큐멘터리 등의 정보를 접하면서 얻게 된 폭넓은 안목과 통찰력의 소산이라고 볼 수 있다.

LA 센츄리플라자 호텔에서 열린 '전자부문 수출품 현지 비교평가회의'에서 보았듯이 이건희는 일일이 전자제품을 분해해서 제품의 기능뿐만 아니라 부품들의 차이점을 지적할 수 있는 엔지니어적 능력을 가지고 있다.

삼성은 LA 비교평가회의 이후에 아예 해마다 삼성전자 수원공장에서 선진제품 비교전시회를 열고 있는데 그 효과가 바로 삼성 제품의 선진화를 이끌어 내고 있다고 해도 과언이 아닐 것이다.

반도체나 LCD 사업은 대규모 자금이 필요해서 대도박과도 같은 위험성이 도사리고 있다. 기술적 진보와 시장 상황의 변동에 대해서 통탈하지 않고 미래에 대한 확신이 없으면 투자결정을 내리기 어려운 사업이다. 그는 그런 투자의 고비마다 과감한 결단을 내렸고 성공을 거머쥘 수 있었다.

3. 삼성 경영시스템

| 삼각편대경영

　삼성에는 '삼각편대'라고 부르는 트라이앵글 의사결정 구조가 있다. 이건희 회장과 전략기획실, 그리고 계열사가 의사결정의 3각 축을 이루고 회사의 중요사안을 균형과 견제로 운영하는 시스템이다. 이 시스템은 권한이양과 책임경영이라는 원칙 아래서 움직이고 있기 때문에 효율적인 통제 체제를 이룰 수 있었고, 세계 초일류 기업으로의 진입이라는 엄청난 결과를 가져올 수 있었다.

　회장은 오너로서 회사의 비전과 경영방향 등 큰 그림을 제시하는 역할을 하고, 구조조정본부는 계열사 경영의 기본 실천방향을 설정, 조정하며 경영진의 경영판단을 지원하는 역할을 맡고 있다.

이건희 회장은 큰 그림이 그려진 후에는 위기상황이 일어나지 않는한 회사경영에 일일이 간섭하지 않는 것으로 잘 알려져 있다. 그는 자질과 능력을 갖춘 경영자에게 일을 맡긴 이상 전권을 줄 만큼 자율경영을중시한다. 그것은 미덥지 못하면 맡기지 말고, 썼으면 믿고 맡기라는 선대 회장 때부터의 전통을 따른 것이다.

선대 회장이 사소한 것까지 꼼꼼히 챙기고 지시를 내렸던 데 비해서이건희 회장은 효율적이고 창의적인 조직을 만들기 위해서 일을 맡긴사람에게 전적으로 권한과 책임을 부여하는 스타일을 선택했다. 이 회장은 조직운용에 대해서 이런 말을 했다.

> "아랫사람이 신바람 나게 일할 수 있게 해야 한다. 회의 시 토론이 실종된 채 일방적인상의하달이 있어선 안 된다."

삼성경영의 성공요인 가운데 하나는 오너가 최정점에서 각 계열사CEO들을 통제하고, 계열사 CEO들은 하위인사들을 통제하는 시스템적인 조직경영이 제대로 작동했다는 데 있다.

이 회장은 각 계열사의 자율경영을 우선시해서 일상 경영현안은 각사의 CEO에게 일임하고 회장 자신은 전략구상 등 좀 더 상징적인 역할에 주력한다. 그리고 나머지 제반문제의 처리는 전략기획실에 일임한다. 전략기획실은 회장이 결정한 사업에 대한 계열사 경영진의 경영판단을 지원하고, 경영의 기본 실천방향을 설정·조정하는 역할을 맡았다. 이런 삼각편대경영이 시너지 효과를 나타내면서 삼성은 세계적 기업으로 급성장하게 된 것이다.

이학수 전략기획실장은 '삼성의 핵심 경쟁력이 무엇이냐'는 질문에 '회장의 리더십과 방향제시, 장기적인 투자전략 제시'를 가장 먼저 꼽고 있다.

이건희 회장이 펴낸 에세이집 『생각 좀 하며 세상을 보자』에는 이런 글이 실려 있다.

〈말은 훌륭한 조련사를 만나야 좋은 말이 될 수 있다. 조련사도 그 기술이나 능력에 따라 여러 등급이 있는데, 2급 조련사는 주로 회초리로 말을 때려서 길들이고, 1급 조련사는 당근과 회초리를 함께 쓴다고 한다. 못할 때만 회초리를 쓰고 잘하면 당근을 주는 것이다. 그러나 특급 조련사는 회초리를 전혀 쓰지 않고 당근만 가지고 훈련시켜서 훌륭한 말을 길러 낸다고 한다.

이런 사실은 '벤허'라는 영화의 전차경주 장면을 자세히 보면 알 수 있다. 벤허와 멧살라는 말을 모는 스타일부터 전혀 다르다. 멧살라는 채찍으로 강하게 후려치면서 달리는데 벤허는 채찍 없이도 결국 승리한다. 물론 영화감독이 일부러 그렇게 만들었는지 모르겠지만 그 경주는 한마디로 2급 조련사와 특급 조련사의 경기나 다름없었다. 특히 벤허는 경기 전날 밤 네 마리의 말을 한 마리씩 어루만지면서 사랑을 쏟고 용기를 북돋워 주기까지 한다.〉

최근 삼성의 놀라운 경영실적을 보면 이건희 회장은 특급 조련사인 셈이다. 이건희 회장은 위기 상황이 일어나지 않는 한 회사경영에 일일이 간섭하지 않고, 이미 자질과 능력을 검증받은 각 계열사의 CEO들은 사업부별로 자신의 책임 아래 모든 것을 결정한다. 그래서 소신껏 일할 수 있고 최고의 성과를 나타내고 있는 것이다.

2004년 10월, 일본 '니혼게이자이'의 기술경영 전문자매지인 『니혼

비즈테크』는 삼성의 성공요인과 인재경영에 대한 특집을 '삼성, 역전의 방정식'이란 제목 하에 장장 48쪽에 걸쳐 게재했다.

이 특집은 삼성이 반도체·LCD 패널·휴대폰 등 3대 사업에서 어떻게 세계정상에 서게 되었는지를 분석하면서, 이건희 회장의 카리스마를 갖춘 강력하고 신속한 의사결정력이 주효했음을 밝혔다. 또한 최고경영자가 적절한 경영판단을 내릴 수 있게 장기적 안목에서 그룹 전체의 전략을 짜는 전략기획실의 조정역할이 삼성 성공의 한 축으로 작용하고 있다고 분석했다.

이 잡지는 삼성이 반도체사업에서 일본 기업들이 '한순간의 주저'를 하는 사이에 과감한 투자와 공격적인 경영으로 일본을 추격하고 따돌렸다고 밝혔다. LCD 패널에서도 소니 등 세계 최강의 고객을 잡아 시장을 지배해 나가고 있으며, 휴대폰에서는 디자인력으로 '고급 브랜드'의 이미지를 심으며 세계 1위를 향하여 도약하고 있다고 평가했다.

이 잡지는 이건희 회장과 같이 강력한 리더십을 가진 경영자가 없다는 점이 일본 기업들의 최대 약점이라고 지적했다.

| 전략기획실

삼성은 1959년부터 비서실을 운영하기 시작했다. 비서실의 출범은 늘어나는 오너의 업무를 보조하기 위해서 20명 정도의 인원으로 구성되

었다. 1950년대 말에 이미 비서실을 만들었다는 것은 삼성이 경영관리 면에서는 단연 앞서 가는 기업이었다는 것을 보여 준다.

이병철 회장은 제일제당, 제일모직 등 계열사가 늘어나자 그룹 전체의 관리를 비서실에 위임하려고 했던 것이다. 이런 단순한 비서실 기능은 1975년 종합무역상사 제도가 시행됨에 따라 대대적인 확대 재편 작업에 들어갔다. 그것은 역시 미쓰비시, 스미토모, 미쓰이 등 일본 재벌들의 비서실을 벤치마킹한 결과였다. 어쨌거나 삼성 비서실은 연륜이 쌓여 가면서 삼성만의 독자적인 색채를 띠는 가운데 무소불위의 힘을 발휘하는 막강한 파워 집단이 되었다.

한때 삼성 비서실에는 200명 이상의 인원이 기획, 정보수집, 자금, 인사, 홍보, 국제금융, 기술개발, 감사, 경영지도 등 광범위한 기능을 담당하면서 삼성 전체의 살림을 도맡아 했다. 그 결과 삼성 비서실은 최고의 엘리트 코스로서 삼성인들에게도 선망의 대상인 부서가 되었다.

한국이 경제발전의 도약기에 이른 1970년대, 80년대에 삼성 비서실은 대한민국 최고의 엘리트 집단으로 정평이 났다. 심지어 삼성 비서실의 정보력이 안기부의 정보력을 능가한다든지, 삼성 비서실의 결정력이 청와대 비서실의 결정력보다 빠르고 정확하다는 말이 나돌 정도였다. 그것은 1990년대 초 걸프전 발발, 김일성 사망, 러시아의 영수증 발행용 금전등록기 수입 정보 등을 삼성이 국가 정보기관보다 빨리 입수해서 시장을 선점한 데서 증명되었다.

그럼 이병철 회장이 삼성 비서실을 어떻게 운영했는가를 살펴보자.

첫째로 비서실은 삼성 전체의 살림에서 가장 중요한 자금과 인력을 관리하는 기능을 가지고 있었다. 둘째로 비서실은 사업에 필요한 정보의 수집과 분석을 통해서 경영에 필요한 기획과 조정을 담당하고 있었다. 셋째로는 감사기능을 가지고 그룹 전체를 통제하는 기능을 담당했다.

이러한 삼성 비서실의 시스템은 얄미울 정도로 빈틈이 없는 것으로 소문이 나 있다. 삼성의 감사 시스템은 휴지를 몇 칸 썼는지도 분석할 정도이고, 직원이 드라이버나 나사 하나도 빼돌릴 수 없고, 천 원짜리 한 장도 개념 없이 낭비하지 못하게 하는 시스템이라고 소문이 자자하다. 감사실의 능력은 KBS 등 공공기관에서도 감사를 의뢰할 정도로 정평이 나 있다.

특히 삼성 비서실은 1968년부터 그룹 경영 5개년 계획을 수립하면서 장기적인 그룹 발전책을 입안, 수행했다. 전략적 참모로서 그룹회장을 보좌하며 그룹 전반에 관련된 목표를 제시하고, 신규사업을 추진하며, 계열사 간의 역할을 분담하고, 자원을 분배·관리하는 막중한 일을 맡아 온 것이다.

| 전략기획실로의 변신

우리나라 재벌들의 비서실은 IMF 이후에는 대부분 구조조정본부라는 이름으로 바뀌었다. 삼성 비서실도 자연히 구조조정본부로 이름이 바꾸었고, '삼성의 두뇌' 역할을 하면서 막강한 파워를 그대로 유지했다.

다만 이건희 체제에 들어서면서 지나치게 권한이 많고 비대한 조직을 80명 선으로 대폭 축소해 통제 기능 중심에서 지원 기능 중심으로 전환시켰다. 구조조정본부의 위상은 과거에는 감사 기능이 강했던 반면 IMF 이후 신경영이 무르익으면서 그룹의 이미지를 살리는 홍보 및 기술관리 기능을 강화해 나갔다.

그러나 구조조정본부는 IMF를 맞이하면서 삼성그룹 전체에 대한 구조조정을 단행하면서 또다시 막강한 위력을 발휘하게 된다. 구조조정본부는 이건희 회장을 그림자처럼 밀착해 보좌하면서 IMF의 어두운 터널을 무사히 통과하여 2000년대 삼성의 르네상스를 일구어 냈다.

삼성 구조조정본부는 2002년 이후 임직원 수가 140여 명으로 늘어날 정도로 규모가 커졌다.

그러나 삼성은 2006년 2월, 구조조정본부를 전략기획실로 바꾸고 조직과 기능을 대폭 축소하는 조치를 단행했다.

삼성이 구조조정본부의 조직과 기능을 대폭 축소해 전략기획실로 바꾼 것은 국민여론을 수용해 내놓은 것이다. 구조조정본부가 불법 대선자금 제공, 안기부 'X파일' 사건, 삼성에버랜드 전환사채CB 편법증여 등에 직·간접적으로 간여한 것으로 드러나면서 시민사회 등의 비판이 높아져 왔기 때문이다.

삼성은 기존의 1실 5팀 체제를 3팀 체제로 축소했고, 인력규모를 147명에서 99명으로 33% 줄였다. 또한 그룹과 계열사 전반의 경영 현안들을 일일이 챙기던 구조조정본부의 기능도 대폭 수정했다.

새롭게 탄생한 전략기획실은 구조조정본부 시절의 재무팀과 경영진단팀을 통합해서 전략지원팀으로 만들었고, 기획팀과 홍보팀을 통합해서 기획홍보팀으로, 또 인력팀을 인사지원팀으로 개편했다.

이들 부서의 역할을 살펴보면, 전략지원팀은 중장기 전략과 신사업 발굴 등 핵심기능과 경영역량 제고를 위한 경영진단 및 컨설팅 업무를 중점 수행하고, 기획홍보팀은 삼성 브랜드 전략과 기업이미지CI 등의 전략업무를 담당한다. 또 인사지원팀은 핵심인재 확보 및 육성전략, 삼성의 핵심가치와 조직문화, 글로벌인사전략 및 제도연구 등 미래 경쟁력 강화에 필수적인 기능을 수행하도록 되어 있다.

구조조정본부 소속이었던 법무실은 '수요회'로 불리는 사장단협의회 산하로 이관해서 각 계열사 사장이 경영상 중요한 의사결정을 하는 데 필요한 법률자문에 주력하도록 했다.

또 구조조정본부의 최고 의사결정 기구 역할을 했던 '구조조정위원회'도 '전략기획위원회'로 명칭을 변경했다. 전략기획위원회는 계열사의 경영 현안에 대한 간섭을 자제하고 그룹의 중장기 전략을 협의하는 역할에 집중하기로 했고, 위원 수도 구조조정위원회는 11명이었지만 전략기획위원회는 9명으로 줄였다.

| 이건희 회장의 분신

삼성 전략기획실을 10년째 이끌고 있는 이학수 전략기획실장은 이건희 회장의 분신과도 같은 인물로 알려져 있다. 1982년부터 회장 비서실에서 근무한 이학수 실장은 1987년 이건희가 회장에 취임한 이래 그를 가장 오래 보좌해 온 현역 임원이다.

서울 한남동 자택에서 주로 업무를 보는 이건희는 수시로 이 실장을 불러들여 업무지시를 내린다. 이 실장은 회장을 직접 독대하고 직언할 수 있는 몇 안 되는 인물 가운데 하나다.

이건희 회장은 1997년 말 외환위기 당시 강도 높은 그룹 구조조정에 들어갔을 때 '집중과 선택'이라는 원칙만 던져 주고 실무는 당시 구조조정본부에 일임시켰다. 이 실장은 이러한 이건희의 암묵적 지시에 따라 회사를 팔아야 한다는 판단이 서면 과감하게 결정할 수 있는 재량권을 발휘해 주위 사람들의 부러움을 사기도 했다.

그는 구조조정이라는 중차대한 임무를 주도하면서 그룹의 수익구조를 몇 배나 탄탄하게 만든 일등공신이 되었고, 그룹 내 2인자의 위치를 공고히 했다. 그는 1980년대 후반부터 비서실 재무팀장으로 일해 왔기 때문에 그룹 전체의 재무관리, 경영전략, 사업구상 등은 물론 이병철→이건희, 이건희→이재용으로 이어지는 승계과정에 대한 관리 같은 그룹의 가장 근본적 문제에도 깊이 관여해 온 것으로 알려져 있다.

삼성은 이처럼 권한이양과 책임경영이라는 원칙을 세워 놓고 전략기획실이라는 조직을 통해서 전체 시스템에 대한 평가와 통제를 동시에 효율적으로 실시하고 있다.

| 전략기획실의 핵심은 재무팀

삼성 전략기획실의 핵심은 아무래도 재무팀이다. 그것은 전략기획실 인력의 3분의 1이 재무팀에 포진해 있다는 것만 보아도 알 수 있다. 삼성의 재무팀은 1993년 '신경영 선언' 이후 다소 기능이 위축되는 듯했으나 외환위기를 계기로 중요성이 다시 부각되었다고 볼 수 있다.

현재 전략기획실 재무팀장은 김인주金仁宙 사장인데, 그는 제일모직에서 구조조정본부까지 줄곧 이학수 본부장을 보좌하며 재무관리 기법을 배운 베테랑이다. 그는 이 실장이 맡았던 재무팀장을 물려받음으로써 '이건희의 오른팔은 이학수, 이학수의 오른팔은 김인주'라는 말을 만들어 낼 만큼 이학수 전략기획실장과 닮은꼴이다.

삼성 내에서 이 실장과 김 팀장의 입지와 파워는 대단하다. 그들은 IMF 직후 전자를 비롯한 몇몇 핵심사업만 집중육성하자는 안을 입안했고, 이건희가 끝까지 미련을 가졌던 자동차를 포기하고 정리하는 과정에서 가장 핵심적인 브레인 역할을 했다. 그들은 이에 그치지 않고 일부 돈이 되는 사업 부문과 그룹 최대의 수익원인 삼성전자에도 대대적인 인력감축과 부실사업에 대한 정리를 단행했다.

전략기획실 출신들은 업무분석력과 페이퍼워크가 뛰어나고 회사에 대한 충성심과 단결력이 매우 강하다. 전략기획실에서 같이 일한 사람들은 그룹 어디서 만나도 협조가 잘 이루어져서 무슨 일을 맡겨도 일을 잘하는 것으로 정평이 나 있다.

| 구조조정본부가 필요한 이유

2004년 3월 『신동아』와의 대담에서 대담자가 구조조정본부가 필요한 이유에 대해서 묻자, 이건희 회장은 이렇게 대답했다.

"삼성은 '상시 구조조정 체제'로 전환해 지금도 군살을 빼고 있습니다. 다이어트해서 살 뺀 뒤 다시 포식하면 살이 더 찌잖아요. 기업도 마찬가지입니다. 잠깐 방심하면 2류로 처지고 3류로 추락하죠. 그래서 구조조종본부는 글로벌 스탠더드를 각 사에 접목, 상시 구조조정을 촉진합니다. 이와 함께 계열사 간의 이해를 조정하고 방향을 제시하면서 시너지를 높이고 있습니다. 일례로 삼성전자가 휴대전화, 노트북 컴퓨터, 디지털 가전 등의 세트 제품을 일류로 만들어 낸 데는 부품, 소재 등 여러 부문의 계열사 간 협력이 큰 역할을 했어요.

또 하나 중요한 것은 구조본이 '6시그마' 같은 신경영기법을 도입해 그룹 전체로 확산시켜 온 점입니다. 계열사들이 제각기 선진 제도나 기법을 도입하면 돈도 많이 들고 시행착오도 생기지만, 저희는 한두 회사에서 먼저 해 보고 검증된 모델을 만들어 그룹 전체에 적용합니다. 과거에는 비서실이 각 사의 의사결정에 일일이 관여하기도 했습니다. 그때만 해도 각 사가 독립적으로 경영할 수 있는 역량이 부족했기 때문이죠. 그러나 지금은 훌륭한 CEO들이 있고 우수한 인재들도 많습니다. 또 경영이 시스템에 따라 돌아가고 있기에 구조본이 각 사 경영에 끼어들 필요가 없어졌어요. 다만 각 사가 당장에 소출을 늘리겠다며 화학비료를 써서 좋은 땅을 망치지는 않는지 살펴보고, 좀 힘들더라도 퇴비를 쓰도록 권장하는 정도가 구조본의 역할이라고 할 수 있습니다."

　이처럼 삼성의 경영은 이건희 삼성그룹 회장과 이재용 삼성전자 상무가 소유경영자로 참여하면서도 계열사 전문경영인들의 역할에 많은 비중을 두는, 소유와 경영이 병존하는 구조를 갖추고 있다.
　송재용 서울대 교수는 이러한 삼성경영의 실체를 이렇게 분석하고 있다.

　"소유경영자─전문경영인─구조조정본부의 3자 조화가 삼성 경쟁력의 실체다. 구조조정본부를 통해 소유경영이 가능하기 때문에 이건희 회장의 리더십이 발휘되고, 일상적인 문제는 전문경영인이 책임감을 가지고 직접 해결하는 체제다."

4. 삼성헌법과 삼성 경영원칙

| 삼성의 미션

미국 경제전문지 『포춘』이 선정한 세계 500대 기업의 경우, 대개 자사의 미션 헌장을 보유하고 있다고 한다. 그들의 미션 헌장에는 기업의 경영원칙과 나아가야 할 방향이 담겨 있다.

삼성의 경우 이건희 회장이 직접 쓰고 선포한 '삼성헌법'이 그러한 미션에 속한다고 할 수 있겠다. 이 회장은 1993년 신경영 선언 이후 삼성헌법을 공표하면서 인간미와 도덕성, 에티켓, 예의범절을 특히 강조했다. 그것은 그동안 삼성이 추구해 온 기술중시, 인재중시, 자율경영의 이념만 가지고는 인간미가 넘치는 기업을 만들기 힘들다는 판단에서 비롯되었다. 삼성인 모두가 더불어 삶의 질을 높이기 위한 덕목으로 인간미, 도덕성, 예의범절, 에티켓이라는 도덕심 배양을 주문한 것이다.

이 회장은 삼성헌법을 제정하면서 무엇보다도 도덕성 회복을 강조했다. 그는 1조 원의 순익을 내는 것보다 더 중요한 것은 인간미를 갖추는 것이라 밝히고, 삼성헌법을 앞세워 인간미가 넘치는 회사를 만들자고 나섰다.

그 후 삼성은 삼성헌법을 외국어나 OA능력과 더불어 승격시험 때 필수과목으로 적용시켰고, 삼성에 몸담고 있는 사람이 반드시 지켜야 하는 기본적인 룰로 정했다.

10년이 흐른 후 삼성 내부에서는 엄청난 변화가 일어났다. 21만 삼성맨들은 삼성헌법 정신으로 중무장하게 되었고, 삼성맨 개개인에게서는 남들과 구별되는 절제심과 세련됨, 그리고 일에 대한 남다른 열정이 나타나기 시작했다. 그들은 마침내 삼성이라는 조직을 변화시키기 시작했다.

이와 함께 삼성 CEO들은 도덕심에 기초한 건전한 근로자들에게 새로운 비전을 제시해 힘이 넘치는 삼성 에너지를 만들어 냈고, 그 에너지는 오늘날의 삼성을 만드는 원동력이 되었다. 그리하여 국내에서 잘나가는 재벌 수준이었던 삼성은 세계적 초일류 기업으로 변신하는 데 성공했다.

삼성식 도덕주의는 세상에는 잘 알려져 있지 않지만 21만여 삼성맨들에게는 가장 중요시되는 덕목이다. 이건희 회장은 도덕주의와 인간미의 회복을 호소하는 삼성헌법을 선포함으로써 제2의 창업에 성공했다고 할 수 있다.

삼성은 그에 그치지 않고 2005년 3월 18일 새로운 화두를 던졌다. 삼성은 '투명경영'의 기치를 내걸고 '삼성 경영원칙'을 대내외에 전격 선포한 것이다. 삼성의 경영원칙은 지난 1987년 취임 이래 이건희 회장이 줄곧 강조해 온 윤리경영 철학을 글로벌 스탠더드에 맞춰 구체화한 것으로 신경영 선언 이후, '삼성헌법'을 내놓은 지 12년 만에 그동안 실천해 온 정도경영과 투명경영에 대한 강한 실천의지를 재천명한 것이다.

삼성은 그동안 각 사별로 운영되고 있는 '윤리강령'을 '삼성 경영원칙'으로 대체하고 이 경영원칙이 효과적으로 정착되고 유지될 수 있도록 '삼성 경영원칙 실천위원회'를 설치했다.

삼성이 이처럼 투명경영을 전면에 내세우며 글로벌스탠더드인 '세계 속 삼성'의 행동원칙을 구체화하고 있는 것은 투명·윤리경영으로 시대 요구를 충족시키고 '삼성인'의 자긍심을 고취시킴과 동시에 삼성의 앞날을 이끌 '삼성 웨이SAM SUNG WAY'를 새롭게 정립하고자 함에 있다.

그래서 삼성 구조조정본부는, "우리는 지난 1년여 동안 '경영원칙'을 준비해 왔다. 이는 글로벌 기준에 맞게 각 사의 윤리강령 등을 새롭게 구체화시킨 것"이라 밝히고 있다.

삼성은 이미 세계적인 기업으로 자리를 굳히고 있고 해외 유수기업들의 벤치마킹의 대상이 되어 있는 탓에 글로벌기업에 걸맞는 경영철학과 기업문화를 재구축해야 하는 시점에 놓여 있는데 그에 상응하는 기업문화의 근간으로 내놓은 것이 바로 삼성 경영원칙이라고 볼 수 있다. 삼성은 글로벌 일류 기업에 필요한 기업문화를 만들어 나가기 위해 국내외 임직원 교육뿐만 아니라 해외핵심인력 채용 때도 '삼성 경영원칙' 적극 활용하기로 했다.

삼성 경영원칙은 정치자금 제공 금지, 글로벌 스탠더드 준수 등 윤리경영의 행동강령이다. 삼성 경영원칙은 기업의 사회적 책임과 임직원들이 지켜야 할 기본적 행동원칙을 '5대 원칙'으로 정하고 있다.

1) 법과 윤리 준수
2) 깨끗한 조직문화
3) 고객 주주 종업원 존중
4) 환경 안전 건강 중시
5) 글로벌기업시민으로서의 사회적 책임

삼성 경영원칙은 이어서 회사와 임직원이 실제 경영활동에서 대내외적으로 준수해야 할 구체적 행동원칙을 15개 세부원칙과 42개 행동세칙으로 세분화되어 있다. 삼성 경영원칙은 법과 윤리 준수 원칙을 통해 공정경쟁, 회계투명성, 정치개입 회피 및 정치적 중립성 유지 등을 규정하고 있다. 또 깨끗한 조직문화를 위해서 공사의 엄격한 구분, 회사와 타인의 지적재산권 보호와 존중, 건전한 조직분위기 유지 등을 요구하고 있다. 나아가서 삼성 경영원칙은 고객만족과 주주가치 중심의 경영추구, 종업원의 삶의 질 향상 노력, 환경 친화적 경영추구, 지역사회와의 상생실천, 사업 파트너와의 공존공영 관계 구축 등도 규정하고 있다.

경영원칙에는 특히 국내 정치와 관련해서 민감한 조항을 담고 있는데 사내외 정치활동금지, 회사의 자금 인력 시설의 정치적 사용 금지, 불법 기부금 등 금품 제공 금지에 대한 내용이 세밀할 정도로 포함되어 있다. 이는 정권이 바뀔 때마다 정치의 향배에 자유롭지 못했던 과거를 딛고자 불법 정치자금과의 단절을 선언한 것이기도 한데 삼성은 이번 선언을 단순한 구호로 끝내지 않고, 정치권과의 사슬을 끊기 위해서 각 계열사별로 구체적인 방안을 찾아 실천 작업에 들어갔다. 이것은 삼성 스스로가 후진적 정치 작태를 보이는 정치권과의 '고리' 를 철저히 차단하겠다는 의지를 확고히 내보인 것으로 평가받고 있다.

삼성은 이와 함께 글로벌스탠더드로서 세계 각국의 회계법규와 국제적 회계기준을 준수하겠다는 항목도 처음으로 명시했다.

이건희 회장은 1987년 취임 직후부터 '부정은 암이고 부정이 있으면 반드시 망한다' 고 강조했고 1993년 신경영 선언 때는 '도덕성이 결여된 기업에서는 좋은 물건이 나올 수 없고 나와도 반갑지 않다' 며 "비정도非正道 1등보다는 정도正道 5등이 낫다" 고 말한 바 있고, 도덕성, 예의범절, 에티켓 등을 골자로 한 삼성헌법까지 직접 써서 제정하면서 무엇보다도 '도덕성 회복' 을 당부하며 이렇게 말했다.

"도덕은 인간의 기본적 양심이다. 라면 한 봉지를 팔아도 '잘 먹어 주었으면 좋겠다' 하는 마음이다. 중장비나 아파트는 사 가는 사람에게는 재산 1호다. 이걸 만들면서 도덕심 없이 어떻게 기업을 하느냐. 도덕성을 갖추지 못한 기업에서 좋은 물건이 나올 리도 없겠지만 설령 물건이 나오더라도 반가울 게 하나도 없다."

☞ 삼성헌법 요약 발췌문

인간미·도덕성·예의범절·에티켓 삼성, 이대로는 일류가 될 수 없다. 일류가 되지 못하면 살아남을 수 없다. 도덕성을 회복하고 인간미를 살리지 않고는 아무것도 할 수 없고 영원히 2류, 3류에서 벗어나지 못한다. 이건 나의 신념이다.

진정한 의미의 세계 초일류 기업이 되기 위해서는 무엇보다 먼저 임직원 각자가 인간미와 도덕성을 회복하여 예의범절을 중시하는 기업으로 거듭나야 한다.

사람은 인간적이어야 한다. 기본적으로 인간미가 있어야 한다. 일이 좀 서투르거나 능력이 딸려도 괜찮다. 인간미가 있어야 한다. 워낙 바쁘다 보면 옆에 아이가 넘어졌는데도 일으켜 주지 못할 때가 있다. 그래도 마음속으로는 참 미안하다고 생각하는 게 보통의 인간이다. 그러나 삼성인은 아무리 급하더라도 일으켜 주고 가야 하고, 그게 인간적인 것이다.

상사는 직장의 부모다. 자기 자식이 귀하면 남의 자식도 귀한 법이다. 남의 자식을 맡아서 삼성에 있으면 더 잘되고 밖에 나가서도 더 잘살 수 있는 인간으로 만들어 주는 게 직장선배로서, 사회선배로서 최소한의 도리다. 잘못은 반드시 서로 고쳐 주어야 하고 웃을 때는 같이 웃고 슬플 때는 같이 슬퍼해 주어야 한다. 이게 인간미 아닌가. 인간성을 회복하지 못하면 무엇을 해내도 소용없다. 1조 이익을 낸다 해도 나는 반갑지 않다. 이것이 진심이다. 인간미 없이는 일류 기업이 될 수 없는 이유가 바로 이것이다.

어떤 일을 하다가 부득이 법률과 도덕 중에서 한쪽을 위반할 수밖에 없는 경우를 만나면, 나는 법률을 위반할지언정 도덕은 위반하지 않겠다. 이것이 내 인생관이다. 도덕을 제대로 지키면서 부끄럽지 않게 한번 살아 보자는 것이다.

도덕성과 인간미를 갖추면 법은 필요 없는 것이다. 그 다음에 삶의 질을 더 높이면 같은 직장생활을 하면서도 좀 더 유쾌하고 즐거워져서 본인은 물론 주위, 회사도 발전하게 된다. 그러기 위해선 예의범절을 갖춰야 한다. 서양은 법이 앞서고 다음에 도덕이 오지만 동양은 인간미, 도덕, 예의범절이 앞서고 그다음에 법이 온다.

에티켓은 주로 골프에서 나오는 서양 특유의 불란서 말이다. 예의범절은 개인과 자기 집안, 자기 사회에 관한 것이고 에티켓은 남과 만났을 때, 비즈니스맨끼리 모였을 때, 국제상담을 할 때의 질서에 관한 것이다.

인간미·도덕성 회복과 예의범절·에티켓의 준수.

절대로 여기서 벗어나지 말아야 한다. 반드시 지켜야 하는 우리끼리의 약속이며 곧 삼성의 헌법이다. 그러나 이를 지키는 것이 말처럼 쉽지 않다. 그것은 정말 어려운 일이다. 그냥 결심만 한다고 되는 것이 아니다. 더욱이 도덕성과 인간미를 상실한 지금의 조직에서 스스로 인간성을 회복하고 타 부서와 자기 부서의 상사, 동료, 부하를 도덕과 인간미로 움직일 수 있는 사람이 된다는 것이 얼마나 어려운 일이겠는가.

그러나 삼성의 헌법, 우리의 약속은 지켜야 한다. 약속을 지키는 것, 이것이야말로 집단과 나라와 사회를 끌고 가는 기본정신이 아니겠는가.

나는 그렇게 생각한다. 인간미와 도덕성이 결여된 조직은 결코 일류 기업이 될 수 없다. 인류에 도움이 되는 조직이라야 영원한 것이다.

삼성의 미래

What makes SAMSUNG one of the world' s leading compenies?

제7장
미래전략

"IT기술의 발달은 인터넷이라는 전 지구적 네트워크를 구축했고
기업경영에서도 '나 홀로 경영'에서 전 사원이 참여하는 '네트워크경영'을 가능하게 만들었다.
이제 오너의 독단적인 생각이나 의사 결정만 가지고 기업을 경영할 수 있는 시대는 지나갔다.
인터넷을 기반으로 한 정보의 유통과 교환이 확대됨에 따라 다자 간 의사 교환에 따른
쌍방향 커뮤니케이션으로 기업을 경영해야만 하는 새로운 경영환경을 맞이한 것이다.
이러한 패러다임의 변화는 한마디로 말해서 산업 경제, 즉 아날로그 경제에서 글로벌 디지털네트워크
즉 인터넷 경제로의 변화라고 할 수 있다. 이제는 더 이상 전통적인 일방적 지시나 문서에 의한 커뮤니케이
션이 아니라 전사적 역량을 기울인 네트워킹, 쌍방향 커뮤니케이션의 결과에 따라 경영의 성패가
판가름나는 시대가 된 것이다. 이 네트워크경영은 기업의 관계자는 물론 소비자, 유통업자까지도
참여하는 전방위적인 것일 때 성공 확률이 높다는 것이 많은 학자들의 의견이다."

_이건희 회장

What makes SAMSUNG one of the world' s leading compenies?

1. 패러다임의 전환

| 기업가가 사회를 바꾼다

피터 드러커Peter Drucker는 『미래경영Managing for the Future』이라는 책에서 이렇게 전망하고 있다.

"지식사회에서는 조직 내에서 상사와 부하 구분도 없어지며, 지시와 감독이 더 이상 통하지 않을 것이다."

즉 리더가 부하들보다 우월한 위치에서 부하들을 이끌어야 한다는 기존 리더십 패러다임에서 부하들을 위해 헌신하며 부하의 리더십 능력을 길러 주기 위해 노력하는 리더십 패러다임으로 전환해야 한다는 것이다. 갈등을 봉합하고 조직 내부는 물론 외부 조직과의 통합을 도모하기 위해서는 '눈높이'를 낮추고 조직 구성원에게 귀를 기울이는' 리더십으로 시급히 전환해야 한다는 것이다.

또 타인 위에 군림하기보다는 타인을 위한 봉사에 초점을 두고, 종업원은 물론 고객과 커뮤니티를 우선으로 여기고, 그들 욕구를 만족시키기 위해 헌신하는 리더십이 필요한 시점이다.

이처럼 현대에 이르러 피터 드러커를 비롯한 많은 경제학자들이 기업의 이익은 곧 공공의 이익이라는 '공존공영의 경영철학'을 강조하고 있다. 결국 기업가와 노동자와 소비자는 서로가 속해 있는 사회와 국가, 세계경제의 질서 속에서 공존공영하며 살아가는 존재라는 인식의 전환이 필요하게 되었다.

특히 21세기에 이르러 인류사회는 정보통신 혁명에 따라 지식기반 사회로 패러다임이 바뀜으로써 사람은 물적자원과 다른 방식으로 인식되기 시작했다. 21세기 지식기반 사회는 어떤 자원보다 사람이, 또한 돈보다 사람이 중요한 새로운 기업문화의 시대를 열게 된 것이다.

피터 드러커에 따르면 기업의 CEO는 의도적이든 아니든 공인이며, 경제적 성과의 달성을 위한 관리적 기능과 그 성과에 대한 사회적 책임 Social Accountability을 지닌 존재이다. 다시 말하면 CEO는 자신이 경영하는 기업의 리더일 뿐만 아니라 사회조직 전반을 움직이는 리더로서 회사의 직원은 물론 주주, 소비자, 지역사회를 리드하고 사회를 변화시키는 창조력을 발휘해야 하는 사람이다.

현대의 뛰어난 경영자는 기업, 주주, 노동자, 소비자가 다른 세계를 사는 것이 아니라 서로의 역할이 다를 뿐이라는 점을 인식하고 있다. 그는 사회 전체적으로 볼 때 기업은 생산자인 동시에 노동자이고, 기업을 구성하고 있는 모든 사람들은 궁극적 소비자라는 것을 인식하고, 이해 관계를 맺고 있는 모든 집단과 사회에 대한 봉사를 강조하고 실천한다. 또한 그들은 상품을 만드는 것도 사람이며, 소비하는 주체도 사람이라 는 것을 정확히 인식하고 있다.

GE를 성공적인 기업으로 이끌고 명예롭게 퇴임한 잭 웰치는 다음과 같이 말했다.

> "모든 사람들은 사회에 있어서의 회사의 역할에 대해 다양한 관점을 갖고 있다. 나는 사 회적 책임을 다하기 위해서는 강력하고 경쟁력 있는 회사를 갖추어야 한다고 믿는다. 오직 건강한 회사만이 사람 및 지역의 삶을 개선시키고 풍요롭게 만들 수 있다. 바로 이것이 CEO의 주된 사회적 책임이 회사의 재정적인 성공을 이루는 것이라고 말하는 이유이다. 오 직 건강하고 성공적인 회사들만이 올바른 일을 할 수 있는 자원 및 능력을 가질 수 있게 된 다."

| 새로운 기술환경

과거에는 라디오, TV, 에어컨, 냉장고 등 단품 위주의 상품이 시장을 지배했다면 이제는 그런 상품으로는 소비자의 요구를 맞추어 나갈 수 없다. 휴대폰에는 디지털 카메라, 디지털 캠코더, MP3, 전자사전, 이동 TV 등의 기능이 탑재되었고, 에어컨은 공기청정기, 난방기 등의 역할을 동시에 할 수 있어야 소비자들의 선택을 받는다.

이러한 시장환경을 두고 이기태 사장은 "공중에 떠 있는 럭비공같이 예측이 어려운 경영환경에, 과거와 비교할 수 없을 정도로 다양한 위험 요인들이 많다"고 진단하면서 기업경영과 직접 관련된 사람들뿐 아니라 정치, 사회, 문화 등 다양한 계층 사람들과의 광대역廣帶域 휴먼 네트워크를 구성하는 것이 중요하다고 말한 바 있다.

1990년 중반 이후, 신기술의 변화 속도는 더욱 빨라지고 시장과 고객이 다양화, 글로벌화 되면서 기술 관련 정보의 장악과 기술 흐름에 대한 이해가 기업 성공의 매우 중요한 요인이 되고 있다.

이러한 변화에 적절히 대응하기 위해 대다수 국내 기업들은 R&D 투자 규모의 확대, 다양하고 차별화된 신제품 개발 출시 활동 등을 전개하고 있는데, 갈수록 테크노 CEO의 위상은 높아질 전망이다. 기술 융합을 통해 쏟아져 나오는 새로운 제품을 이해하지 못하는 경영자는 스스로 도태되는 시대가 되었다. 경영자는 기술을 알아야 하고, 기술자는 경영을 알아야 하는 시대가 열린 것이다.

과학기술정책연구원 조환익 사무총장의 말을 소개한다.

"앞으로 10년 이내에 현재의 방송 형태는 없어지고 통신만 남는다고 한다. 식물과 동물의 게놈은 번역되고 지도가 그려져서 인간복제와 유전자 조작이 실제로 시도될 것이다. 집안 청소와 경비는 지능로봇이 담당하게 된다. 또 몸속에 극미세 로봇을 집어넣어 혈관을 누비면서 질병을 찾아내고 형상합금 고성능 소재를 이용해 인공근육을 만들어 내게 된다.

또한 나노기술을 이용해 현재 중량의 6분의 1에 불과하지만 강도가 1백 배가 넘는 철근도 만들어진다. 휴대폰은 더 이상 주머니에 넣고 다니는 것이 아니고 손목시계 형태로 변모

할지도 모른다. 옷은 전통적인 의류업체가 만드는 것이 아니고 센서 기술을 보유하는 첨단 기술업체가 만들어 몸의 상태를 측정해 주는 것이 옷의 주기능으로 바뀔 수도 있다. 옷의 단추에 컴퓨터 통신기술이 집적돼 음악방송 등의 서비스를 제공하거나 개인정보를 저장해 이용하게 될 수도 있다. 실제로 필립스가 이러한 연구를 하고 있다고 한다.

빌게이츠는 "미래 사회에서는 컴퓨터 아닌 것이 없으며 컴퓨터가 따로 존재하지도 않을 것이다"라고 말했다. 이제 기술의 융합은 산업의 융합을 가져오고 산업 간 구분이 없어지면서 기업의 형태가 완전히 달라질 수 있다. 세계 굴지의 통신회사들이 금융산업에 들어오고 있다. 또 인텔이나 시스코 등 반도체나 첨단 통신장비 제조회사들이 통신 서비스 영역으로 뛰어들 수도 있다.

가전업체인 소니가 로봇 제조로 탈바꿈을 한다. 청바지 메이커인 리바이스가 옷에 전해지는 태양열을 구동전력으로 이용하는 방안을 연구하고 있다. 나이키는 디자인, 설계만 하지 신발은 한 켤레도 직접 생산하지 않는다.

이같이 앞으로 제조업은 물론 금융산업도, 의료산업도, 방송산업도, 건축업도 모두 근본적으로 형태가 바뀔 것이다. 정보통신과 생명공학과 나노와 신소재 기술의 위력이다. 더구나 이러한 혁신이 바로 우리의 길모퉁이까지 와 있다는 사실이다."

앞으로의 세상은 모든 영역이 무너지고 비교우위를 가진 기술만이 살아남을 것이다. 기술과 경영을 접목시키지 않고는 글로벌 체제가 가속되는 전 지구적 경쟁에서 도태될 수밖에 없다. 그래서 윤종용 부회장도 '글로벌 시대의 패러다임 변화에 대비하는 것이 기술경영인들의 몫'이라 강조하고 있다.

삼성은 그룹 차원에서 반도체, LCD, 디지털TV, 휴대폰 등의 미래산업을 제대로 예측하고 과감한 투자를 실시한 결과 '전자강국'으로 자부하던 일본을 따돌리고 초일류 기업으로 성장하게 되었다. 이건희 회장은 이에 만족하지 않고 앞으로 10년 동안 무엇으로 먹고살 것인가를 항상 궁리하고, 10년 후의 미래를 준비해야 한다 말하고 있다.

삼성에는 미래산업을 예측하는 연구소가 많다. 대표적으로 삼성경제 연구소, 삼성종합기술원이 있고 52개에 달하는 R&D센터가 있다. 삼성 경제연구소는 삼성뿐만 아니라 나라 전체, 나아가서 세계경제 전체의 경제지표를 예측하는 연구소 기능을 하고 있고, 삼성종합기술원은 기술 적인 부분에서 미래를 예측하고 신기술을 내놓는 역할을 하고 있다.

이외에도 외국인 인재들이 모여 있는 특이한 연구팀인 '미래전략그 룹'이 있는데, 이 팀은 '글로벌 싱크탱크'로 알려져 있다. 그곳에 근무 하는 외국인 인재들은 모두 하버드, 와튼, 인시아드 등 세계 톱 10 MBA 출신들로서 외국기업에서도 5년 이상 근무한 20대 후반에서 30대 중반 의 인재들이다. 한마디로 글로벌 초일류 기업을 구현하기 위한 전방위 부대라고 볼 수 있다.

이들은 모두 외국 현지에서 삼성의 임원들이 직접 채용한 인력들로서 계약기간 2년 동안 그룹 경영전반에 대한 컨설팅을 포함해 싱크탱크 역 할을 맡는다. 이들은 근무기간 동안 공장에 파견되어 현장체험도 하는 등 다양한 분야의 일을 맡아 하면서 삼성의 미래전략을 주도하고 있다.

삼성은 이렇게 다양한 연구 그룹을 통해 신규사업의 개발은 물론 마 케팅 전략을 도출해 내고, 구조조정본부와 11인 구조조정위원회를 통해 미래산업을 선정하는 시스템을 운영하고 있다. 1990년 중반 이후 신기 술의 변화속도는 더욱 빨라지고 있고, 시장과 고객이 다양화·글로벌화 되면서 기술 관련 정보를 장악하고 기술의 흐름을 이해하는 것이 곧 기 업 성공의 중요한 요인이 되고 있다.

삼성전자 정보통신총괄 이기태 사장은 앞으로의 세상을 이렇게 예견하고 있다.

"앞으로는 휴대폰이 미래생활의 허브Hub가 되어 신용카드, 카메라, 캠코더, 신분증의 기능을 모두 가지는 'All-in-One' 시대가 도래할 것이다."

2. 삼성의 '2010 프로젝트'

| 미래경영 엔진의 가동

삼성 수뇌부는 장고 끝에 2005년 11월, '2010 프로젝트'로 4대 씨앗 사업과 8대 성장엔진을 선정하고 세계 TOP3 기업 진입을 위한 미래경영 엔진을 가동하기 시작했다.

4대 씨앗 사업은 삼성의 미래를 짊어질 차세대 주력 제품군이라고 볼 수 있는데 이 네 분야는 앞에서 살펴본 대로 개인 멀티미디어 기기, 홈 네트워크, U—헬스이동통신을 이용한 원격 건강관리시스템, 가정용 로봇 등으로 모두 디지털 미디어 분야로서 향후 삼성은 현재 우위를 점하고 있는 IT 분야에 BT, NT분야를 접목시킨다는 전략을 세워 놓고 있는 셈이다.

또한 차세대 주력 분야로서 제시한 '8대 성장엔진' 가운데 메모리,

디스플레이, 이동통신, 디지털TV 등 네 분야는 삼성이 현재 세계 정상을 달리는 분야인데 새롭게 추가된 분야는 프린터, 시스템 LSI^{비메모리반}도체, 고용량 스토리지, 에어 컨트롤 시스템 등이 있다.

윤종용 삼성전자 부회장은 최근 이런 말을 함으로서 고민의 일단을 피력했다.

"10년 뒤 어떻게 될까 예측하는 것은 중요하지만 경험상 예측은 맞지 않았다. 우리는 미래를 예측하기보다 미래를 창조하는 것을 중시하고 그런 능력을 갖추도록 노력할 것이다."

초일류 기업을 달성하기 위해 시장을, 남을 쫓아가야 하는 것이 아니라 스스로 길을 만들어 가야 한다는 뜻이다. 그래서 이 회장은 "그동안 고생하고 치열한 경쟁을 겪었다고 하나 세계를 놓고 보면 아무것도 아니다. 위기는 내가 제일이라고 자만할 때 찾아온다"며 삼성이 다시 한 번 위기의식을 갖고 변화를 모색해야 할 때임을 강조하고 있다.

삼성은 4대 씨앗사업과 8대 성장 엔진을 대외에 천명함으로써, 궁극적으로는 IT+BT+NT 나아가서 RT^{로봇기술}을 포함한 기술의 융합에 의한 '유비쿼터스' 시대를 여는 초일류 기업으로 거듭난다는 것이 삼성의 '21세기 로드맵'임을 밝힌 셈이다.

|아직 큰 변화는 오지 않았다

삼성이 내놓은 '2010 프로젝트'는 각 분야에 지속적으로 투자를 늘려 초특급 인재를 육성해 세계 최고 기술을 내놓겠다는 것으로 요약할 수 있다.

즉 '기술 · 인재 · 투자'라는 삼각편대를 구축해 앞으로 5년 이내에 진정한 의미에서의 초일류 기업으로 부상하겠다는 의지의 표현이다.

IT혁명은 우리의 생활을 바꾸어 놓기는 했지만 사람의 행동구획과 그 반경조차를 바꾸어 놓은 것은 아니다. 그러나 앞으로 5년, 10년 안에 다가올 유비쿼터스, 로봇, 생명공학으로 무장된 세상은 인간의 사고, 행동, 영역을 송두리째 바꾸어 놓을 대변혁의 시기가 될 것이다. 많은 학자들이 앞으로의 10년은 지난 100년 동안 이루어진 것보다 많은 문명의 패러다임이 바뀔 것이라 예시하고 있다.

그때도 삼성이 '초일류 기업의 신화'를 이루어 낼 수 있을까?

삼성은 '제2 신경영 선언'에 따라 새로운 10년을 위한 '준비경영'에 몰두하고 있다. 삼성이 '제1회 삼성 애널리스트 데이'에서 발표한 '2010 프로젝트' 청사진은 그러한 노력의 결산물이다. 윤종용 부회장은 이날 삼성전자의 중장기 전략을 밝히면서 미래기술을 선도할 것을 강조했다.

"전자산업은 현재 가격, 기술, 부가가치, 지역 등 4대 벽이 붕괴하는 등 커다란 패러다임의 전환기에 있다. 삼성전자는 이런 변화에 빠르게 대처하면서 디지털 컨버전스 혁명을 주도해 나갈 것이다."

삼성은 디지털 컨버전스 혁명을 주도하는 핵심요소로 첫째 기술, 둘째 디자인, 셋째 브랜드 분야로 지정하고 이 3대 핵심 역량을 강화하기 위해 시설 및 R&D, 우수인력, 마케팅 분야에 지속적인 투자를 단행할 것을 천명했다.

삼성은 미래 성장을 위한 '4대 씨앗 사업'을 선정했는데 그 사업 분야는 다음과 같다.

1) 개인 멀티미디어 기기
2) 홈 네트워크
3) U-헬스
4) 가정용 로봇

삼성전자는 이러한 4대 씨앗 사업을 지원 육성하기 위해서 다음과 같은 제품을 8대 성장엔진을 선정해서 집중 육성할 계획을 발표했다.

1) 고용량 메모리
2) 차세대 디스플레이
3) 차세대 이동통신
4) 디지털 TV
5) 차세대 프린터
6) 시스템 LSI
7) 차세대 매스 스토리지
8) 에어 컨트롤 시스템

패러다임 전환의 시대를 맞아 앞으로의 사회는 지금보다 더 압축된 지식경영의 시대가 될 것이다. 미래 사회는 지식과 기술을 가진 기업이 사회가 원하는 제품을 만들어 냄으로써 사회를 선도해 나가게 되어 있다.

우리는 여기서 미래에 무엇으로 먹고살 것인지 또 다른 변화의 길을 모색하고 있는 삼성의 모습을 통해서 앞으로 우리 기업과 사회가 나아가야 할 길을 찾고 바로잡을 수 있을 것이다.

|BINT혁명 시대

"반도체 다음은 로봇과 바이오칩이다."

이 말은 이미 선진 기업들 사이에서는 널리 퍼져 있고 그 당위성이 인정되고 있는 대명제가 되었다.

이제 10년 안에 '1가구 1로봇' 시대가 열릴 것이며, 홈 오토매틱이 구현된 '홈 네트워크'가 완성될 것이고, 자동차의 개념을 바꾸는 E-CAR의 시대가 다가올 것이다. 뿐만 아니라 평균수명 150살이 가능한 인체부품 시대가 열릴 것이다.

또한 삼성전자는 밖에서 집 안의 온도나 조명·조리 등을 모두 조절할 수 있는 홈네트워크 사업과 함께 빈집을 경비하고 청소하는 가정용 로봇도 미래 신사업으로 꼽고 있다.

삼성전자의 이윤우 삼성전자 부회장CTO은 4대 씨앗사업에 대한 배경 설명을 이렇게 설명하며 4대 씨앗사업을 위한 연구에 매진할 것을 밝히고 있다.

"삼성전자의 경우 반도체·통신·디지털미디어·LCD 부문 등 모든 것에서 경쟁력을 갖추고 있는 만큼 4대 씨앗사업을 육성할 경우 최대의 시너지 효과를 볼 수 있다. 앞으로 혁신적인 기술로 혁신 제품을 창출해 새로운 라이프스타일을 창조하는 초일류 기업으로의 도약을 위해 지속적인 연구개발 노력에 최선을 다할 것이다. 1997년 16%였던 연구개발 인력이 2004년에 24%까지 증가했고, 향후 2010년에는 전체 인력의 32%까지 확대시킬 계획이다."

반도체에서부터 통신 등 모든 부문에서 경쟁력을 갖춘 삼성전자만이 앞으로 U-헬스·홈네트워크 등 유비쿼터스 환경을 만드는 데 유리하다는 판단이 작용한 것으로 보인다.

이건희 회장은 일찍이 반도체 시대의 도래를 예견하고 반도체 투자에 사운을 걸었고 그 성공은 삼성을 초일류 기업으로 성장시킨 원동력이 되었다.

이제 삼성은 반도체사업의 성공에 힘입어 사업의 절정을 가고 있지만 새로운 패러다임의 시대는 거칠 것 없이 밀려오고 있다.

이 회장은 앞으로도 예전과 같은 직관의 힘으로 이 변혁의 시대를 읽어 내고 선견할 수 있을 것인가?

그의 선택에 따라 바이오 혁명의 시대에 삼성의 위상이 달라질 것이다. 한국은 유비쿼터스와 바이오산업을 국가 아젠다로 설정할 정도로 BINT IT+BT+NT를 통한 기술 혁신을 빠르게 이뤄 내고 있다. 그리고 그 발빠른 혁신의 선두에 삼성이란 초일류 기업이 있다. 한국 1위의 기업이자 초일류 기업인 삼성의 미래 경영은 우리의 삶과 무관하지 않을 것이다.

3. IT 그 이상의 시대

|삼성의 바이오 사업 진입

이건희 회장은 2005년 2월 22일과 23일 사장단과 함께 보광 피닉스
파크에서 스키를 타면서 경영전략회의를 가졌다.

이 스키회동에서 그는 '차차세대 사업' 에 대한 논의를 주도한 것으로
알려져서 향후 삼성의 미래를 짊어질 사업에 대한 관심이 높아졌다.

삼성은 5년 이내에 제품화에 성공해 이익을 남길 수 있는 신제품 군
을 '차세대' 로, 세계 어느 곳에서도 제품화에 성공하지 못한 미지의 상
품을 '차차세대' 로 분류하고 있다.

삼성이 차세대 사업으로 집중적으로 개발하고 있는 제품은 이미 연구
개발이 끝나 실용화 단계에 있는 반도체의 P램, M램, F램, 디스플레이

의 플라스틱디스플레이 카본나노튜브, 디지털가전의 가정용 로봇, OLED TV, 그리고 모바일 CPU, 2차 전지, 4G핸드폰 등이 있다.

예컨대 '차차세대' 제품들이란 차세대 이후의 제품들을 말하는데 5년 이후, 10년 안에 상품화가 가능한 어느 정도 미지의 세계에 속하는 분야라고 할 수 있는데 이 그것들은 제2신수종사업이라고도 불리다. OLED, 차세대 반도체, LED발광다이오드, 2차 전지, 바이오 등 5개 정도로 알려 있다.

이 차차세대 사업 가운데 가장 뚜렷이 부각되는 부문은 바이오 분야다.

바이오산업은 유전자치료제 등 신약 개발에서부터, 각종 질병을 손쉽게 검진할 수 있는 바이오칩, 기능성 화장품, 바이오 식품에 이르기까지 생명공학기술을 이용한 제품을 개발·생산하는 분야다.

바이오산업은 크게 신약개발 치료 진단 장비업으로 나누어지는데 그 잠재적 응용 분야는 제약·의료, 환경·에너지식품, 농축수산, 정보·전자, 엔터테인먼트 등으로 대단히 광범위하다.

삼성은 DNA칩, 단백질칩 등 바이오칩뿐만 아니라 바이오센서, 바이오컴퓨터 등 생명공학제품을 차차세대 제품으로 선정하고 기술개발을 진행 중인 것으로 알려져 있다. 삼성이 이처럼 바이오테크놀로지BT에 관심을 갖는 이유는 향후 전 세계시장이 IT를 넘어서 BT로 갈 것이란 전망 때문이다.

과거에는 기술 발전이 자기 분야에서 독자적으로 이루어졌지만 최근에는 다른 분야와 연구 성과를 공유하지 않으면 새롭고 뛰어난 제품을 만들 수 없는 시대가 되었다. 가령 바이오산업을 꽃피우게 만드는 문을 열게 한 '인간 게놈 지도의 완성' 도 데이터의 처리 및 분석에 IT기술이 없었다면 불가능했을 것이다.

앞으로 이루어질 기술 간 융합은 20세기를 대표하는 기술인 IT와 21세기를 대표하는 기술 BT의 접목이라고 할 수 있는데 여기에 나노테크 NT까지 가세하여 지금까지 인류가 보아 온 것과 전혀 다른 신기술을 탄생시켜서 기존에는 상상할 수 없었던 새로운 미래를 열 것으로 보인다.

삼성은 이 중에서도 바이오산업의 '꽃' 이자 '캐시 카우' 로 불리는 '바이오 칩' 시장에 우선 투자할 것으로 보인다.

바이오칩이란 생물의 효소, 단백질, DNA, 신경세포 등 생체 유기물과 반도체를 결합해 만든 복합 칩으로 생명체 근본 원리와 구조를 분석하고 새로운 신약을 개발하는 등 광범위한 분야에 적용될 것으로 기대되는 미래 신기술이다.

DNA나 단백질 등 생체 물질과 칩이 복합된 형태인 바이오칩은 BT-IT-NT 기술이 모두 활용되는 대표적인 융합기술 제품이라고 볼 수 있다.

2004년 10월, 윤종용 삼성전자 부회장은 언론과의 인터뷰에서 삼성의 미래 전략을 발표하면서 바이오사업을 미래 성장 동력으로 선정하고 집중 육성한다는 비전을 제시했다.

"반도체, LCD, 휴대폰 등 기존 주력사업이 성장한계에 부딪치는 것에 대비해 바이오산업에 대한 집중 연구를 진행하고 있다. 이 중 바이오와 전자산업 결합체인 바이오칩은 차세대 성장 동력으로 육성하고 있다. 삼성은 이미 반도체 분야에서 세계 최고 기술력을 보유하고 있기 때문에 현 핵심역량을 바탕으로 새로운 동력을 확보하는 데 바이오칩이 가장 적절한 분야라고 본다."

삼성은 그동안 바이오사업에 대한 중요성을 인식하고 삼성종합기술원을 중심으로 연구개발을 진행해 왔지만, 삼성경영진이 차세대 주력사업으로 바이오산업에 대해서 구체적으로 언급한 것은 처음 있는 일이다.

윤종용 부회장의 이런 발표가 있은 얼마 후 삼성은 오는 2010년까지 바이오칩 부문에서 세계 1위인 100억 달러의 매출을 달성해 21세기 주력사업으로 육성키로 하는 미래 사업에 대한 플랜을 확정했다.

| '21세기의 반도체' 바이오칩

삼성은 이미 한국인 고유의 유전자 정보와 바이오칩 등에 대한 연구개발을 상당한 수준까지 진행하고 있는 것으로 알려져 있다. 바이오칩의 경우 삼성의 첨단 반도체 기술을 이용해 빠르고 정확하게 질병 유무를 검진할 수 있는 칩 개발에 주력하여 혈액을 이용해 손쉽게 당뇨병 진단 등을 할 수 있는 시제품을 개발해 놓고 성능 개선작업 등을 하고 있다고 한다.

삼성은 최근 대형병원을 잇따라 설립하려는 움직임을 보이는 등 보건

사업 부분을 강화함으로써 앞으로 의약품 개발 등으로 연구개발대상을 확대해 나갈 의지를 보이고 있다.

특히 삼성 바이오사업의 기초연구를 하고 있는 삼성종합기술원은 DNA칩 분야에서 지금의 DNA칩과 달리 별도의 기기 없이도 작은 칩 안에서 각종 질병진단을 한 번에 할 수 있게 하는 '칩 위의 실험실'이라는 뜻을 가진 차세대 DNA칩인 '랩온어칩 Lab on a Chip' 개발에 총력을 기울이고 있다.

DNA칩은 손톱 크기의 기판 위에 수백에서 수만 개의 유전자를 빽빽하게 배열해 놓고, 수많은 유전정보를 탐색할 수 있는 칩이다. 이 칩은 질병진단, 의약품 실험, 친자확인 등 법의학적 진단, 동식물 검역, 환경 오염 모니터링 등 아주 다양한 분야에서 쓰일 수 있는 기술 분야이기 때문에 '21세기의 반도체'라 불리고 있고 선진기업들과 벤처기업들이 앞을 다투어 투자하고 있는 분야다.

삼성은 2010년에는 최대 10조원(DNA칩 8조 8,000억, 나머지 1조 2,000억)의 매출을 달성한다는 계획 아래 바이오 부분의 사업을 전개하고 있다. 2010년 400억 달러로 예상되는 세계시장의 20%를 차지해 1위로 올라서고, 바이오인포매틱스·제노믹스 분야는 세계 2위로 도약한다는 계획이다.

4. 윤리경영

|나눔경영

한국 사회는 20세기 후반, 뒤늦게 산업화사회를 맞이하여 괄목할 만한 성과를 거둠과 동시에 한 세대가 가기 전에 민주화 시대를 맞이했다. 산업화 시대의 주역들이 현역에서 은퇴하기 전에 민주화 시대를 이룬 새로운 주역들이 정치주도권을 잡게 됨에 따라 산업화 세력과 민주화 세력 간의 첨예한 세대 간 갈등이 벌어지고 있는 것이 한국 사회의 현실정이다.

이러한 산업화 세대와 민주화 세대 간의 갈등은 세계사에서도 유래를 찾아보기 힘든 현상인데, 새로운 주역인 민주화 세력은 산업화 시대를 이끈 개발독재의 희생양임을 자처하면서 반기업 정서를 만들어 내고 있고, 가진 자와 못 가진 자를 극명하게 대비하는 운동으로까지 이어지고 있다. 이것은 전 세계적으로 좌파 이데올로기가 퇴조하는 가운데 한국에서만 일어나고 있는 사회현상이기도 하다.

이건희 회장은 이러한 현상을 예견이라도 한 듯 일찍부터 '윤리경영', '나눔과 상생'의 경영철학을 강조했다. 그는 각 계열사에 윤리경영을 실시할 것을 지시했고, 그것을 경영성과로 보고하게 하고 있다.

|경영성과의 사회 환원

2004년 4월, 삼성은 어려운 이웃을 위한 복지사업에 웬만한 중견기업의 연간매출액과 맞먹는 수준인 1,100억 원 등 총 4,000억 원을 사회공헌 활동에 투입하겠다고 발표해 재계를 놀라게 했다.

실제로 삼성은 2004년에 소년소녀가장 돕기, 빈민촌 공부방 시설 지원, 불우청소년 장학금 지원, 탁아소건립 확대, 얼굴기형 수술비 지원 등의 복지사업과 학술교육, 체육진흥, 환경보전, 문화예술 등을 포함한 사회공헌 활동에서 기업이윤 4,420억 원 상당을 사회에 환원해 나눔경영을 실현함으로써 사회의 귀감이 되고 있다.

지금 삼성은 품질, 가격, 서비스, 자금, 브랜드 네임, 국민적 지지 등 사업에 필요한 무기를 모두 갖추고 있다. 삼성은 이러한 힘을 바탕으로 밖으로는 나눔과 상생을 외치고, 안으로는 훌륭한 일터를 강조하면서 초일류 기업으로 가겠다는 강한 의지를 나타내고 있는 것이다.

나눔과 상생을 바탕으로 한 초일류 기업!

이것은 앞으로 삼성 경영의 화두이자 비전이 될 것이다.

삼성의 이러한 윤리경영으로의 출발은 소비자의 기업에 대한 윤리의식이 강화되고 기업의 구성원도 내부소비자로 인식되기 시작함에 따라 나타난 시대의 변화에 발빠르게 대응하는 경영전략이라고 볼 수 있다. 다시 말하면 기업의 사회적 책임이 중요해지면서 기업도 하나의 시민처럼 책임을 다하는 기업 시민정신의 요구에 부응하는 기업전략인 것이다.

그래서 삼성은 국내에서뿐만 아니라 최근 시장점유율 1위를 하거나 매출이 크게 늘고 있는 러시아와 동남아 등지에서 디지털 소외계층을 대상으로 한 사회공헌 활동을 적극 펼치고 있다. 삼성은 이러한 사회공헌 활동은 신뢰와 호의 증대, 브랜드 이미지의 강화는 물론 글로벌기업 시민으로서 책임을 다하려는 비전의 제시이기도 하다.

삼성은 기업 차원에서 '나눔과 상생의 정신'을 부르짖는 데 그치지 않고 최고경영자를 비롯한 임직원이 지역사회에서 다양한 형태의 봉사와 복지지원 활동을 함으로써, 지역주민의 삶의 질 향상과 지역발전에 기여하고, 이를 통한 세계와의 교류를 목표로 하고 있다. 삼성전자 정보통신연구소 '물망초 봉사팀' 등 사내 370여 개 봉사팀에서 1만 3,000명의 직원들이 각종 사회공헌 활동에 참여하고 있다.

삼성의 사회공헌 활동 가운데 돋보이는 또 하나는 임직원의 80%가 장애인으로 구성된 자회사 '무궁화전자'다. 이 회사는 삼성전자가 수원

사업장 인근에 1994년 '더불어 함께 잘사는 사회'를 기치로 4,165평의 부지에 총 234억 원을 투자해서 설립한 국내 최초의 장애인 전용 공장이다. 무궁화전자는 핸디형 청소기와 휴대폰 충전기, 파브 TV용 부품, DVD 메인보드 등을 생산하고 있는데, 2003년 94억 원 매출에 6억 3,000만 원의 순익을 기록할 만큼 우량기업이 되어 있다.

이건희 회장은 신경영을 선언한 직후인 1993년, "사회공헌을 통해 임직원들의 인간미와 도덕성을 높이고 기업이윤을 사회에 환원할 수 있게 조직을 구성해 지속적으로 실천하라"는 지시를 내리고, 국내 기업으로는 처음으로 사회공헌 전담 봉사조직인 '삼성사회봉사단'을 출범시켰다.

삼성사회봉사단은 지난 10년간 사회공헌 분야에 총 2조 1,000억 원을 투입했고, 삼성그룹 전체 임직원의 60%인 6만 9,000여 명이 자원봉사에 참여했다. 이들은 사랑의 걷기대회, 장애체험, 환경정화, 전국의 공부방 개선, 일일교사, 독거노인 위문 등의 활동을 펴고, '아름다운 가게'와 공동으로 펼치는 자선바자회, 전국 사회시민단체 등 5,500명이 펼치는 '사랑의 띠 잇기' 행사를 가지는 등 국내 기업의 사회공헌 활동을 선도했다는 평가를 받고 있다.

이건희 회장은 2005년 신년사에서 이렇게 나눔경영을 강조하고 있다.

"앞으로 삼성은 경영성과를 이웃 사회와 함께 누리는 나눔의 경영을 더욱 확대해 나가야 할 것입니다. 더불어 삼성가족 여러분도 이웃을 돕고 지역사회를 가꾸는 일에 앞장서 주시기를 당부드립니다. 그리하여 우리 모두, 삼성을 어떠한 어려움이 닥쳐도 흔들림이 없는 강한 기업, 끊임없이 도전하고 창조와 활력이 넘치는 미래기업, 이웃과 협력하고 함께 번영을 추구하는 희망의 기업으로 가꾸어 나갑시다."

| 상생경영

자본주의의 발달은 경영자, 주주, 종업원, 고객, 협력업체, 지역주민이 하나의 공동운명체라는 인식에 도달하게 했다. 기업의 목표를 이윤극대화에 두는 논리는 이미 구시대의 것이 되었고, 기업활동이 여러 이해 관계자들을 모두 만족시킴으로써 기업가치가 커져 간다는 것이 여러 선진기업에서 입증되고 있다.

기업이 이윤 극대화와 주주의 이익만을 고집할 때 노사 대립, 기업 투명성의 문제만 불거지고 소비자는 물론 지역사회에서조차 고립되는 화를 자초하는 예는 수도 없이 많다.

오래전부터 윤리경영, 상생경영을 표방해 온 이건희 회장은 2004년 신년사에서 '나눔' 과 '상생' 을 강조하며, "이런 노력을 다할 때 삼성은 고객과 사회로부터 진정 어린 신뢰와 존경을 받는 기업으로, 글로벌 리딩 컴퍼니로 자리 잡을 수 있다" 고 말했다.

이 회장은 자신이 생각하는 21세기형 경영자의 모습에 대해서 〈동아일보〉와의 회견에서 이렇게 말했다.

〈미래 변화에 대한 통찰력과 직관으로 기회를 선점하는 전략을 창조할 수 있어야 합니다. 그리고 혁신을 통해 항상 새로운 것에 도전하는 변화추구형이어야 해요. 또 경영자 스스로가 고부가가치 정보의 수신자, 발신자 역할을 할 수 있어야 합니다. 물론 국제적 감각은 필수요건이지요. 경영은 하나의 종합예술입니다. 시장이 무능하면 그 기업은 망한다 해도 틀림이 없을 정도로 경영자의 역할은 막중하지요. 그러나 의욕과 권한만 갖고는 안 됩니다. 종합예술가에 비유될 정도의 자질과 능력을 갖춰야 합니다.〉

　삼성그룹의 대표적인 기업인 삼성전자는 2004년 6월 2일, 수원 사업장에서 윤종용 부회장을 비롯한 임직원과 550여 개 협력업체가 모여서 '삼성 서플라이어스 데이 2004' 행사를 열고 '상생경영의 원년'을 선포하는 행사를 가졌다.

　삼성전자는 이 자리에서 교육, 기술, 경영, 해외 진출 등 5년간 1조원을 투자해 협력업체들의 수준을 한 단계 끌어올리기 위한 협력업체 지원방안을 발표했다. 삼성전자는 이날 행사에서 지난 한 해 동안 기술 개발, 원가혁신 등의 실적이 우수했던 협력업체를 선정해 시상식을 가졌다. 대상에는 반도체 부품 제조업체인 인지디스플레이가 선정되었고, 아토 · 인텔 · 소니 · 크레신 등 국내외의 40개 업체가 우수협력사로 선정되어 총 4억여 원의 상금과 부상을 수상했다.

　삼성전자에 부품과 장비를 납품하는 기업은 현재 1,300여 업체에 달하는데, 이들 업체는 핵심 · 협업 · 일반 세 부류로 분류해 관리되고 있다.

　첫째, 핵심업체는 기술력과 원가경쟁력을 갖춘 미래 선도형 기술을 많이 개발하는 업체로서, 삼성전자와 협력하여 미래를 펼쳐 나갈 수 있다고 평가된 협성회協星會 멤버들이다. 사실상 삼성의 '이너서클'에 속하는 협성회에는 117개 업체가 선정되어 있는데, 삼성전자의 글로벌 경쟁력은 이들 업체의 기술력에서 나온다고 해도 과언이 아닐 것이다.

그래서 삼성전자는 전담조직을 두고 협성회 소속 기업을 특별관리하고 있는데, 매월 한 차례 경영자를 삼성본관으로 불러 모임을 가진다. 이들 117개 협성회 멤버들은 '새끼 삼성'이라고 불릴 정도로 단단한 기술력과 경쟁력을 갖춘 업체들로 자부심이 대단하다.

둘째, 협업업체는 최고의 기술력을 자랑하지는 못하지만 삼성이 요구하는 제품을 무리 없이 만들어 낼 수 있는 능력을 가진 업체로서 발전가능성이 높은 업체이다.

셋째, 일반업체는 그 업체가 아니더라도 어디서든 조달할 수 있는 부품이나 자재를 만드는 업체로서 언제든지 거래를 끊을 수 있고, 삼성의 그런 대우에 대해 상대방도 부담이 없는 그야말로 일반적인 업체이다.

삼성은 1993년 신경영 이후 이건희 회장이 '구매의 예술화'를 역설하면서 하도급업체를 '협력업체'로 고쳐 부르게 되었고, 협력업체에 대한 시각 등이 획기적으로 바뀌었다. 이 회장은 협력업체란 단순히 물건을 사고파는 관계가 아니라 협력업체가 양질의 부품을 싸게, 빨리 납품할 수 있도록 삼성이 돕고 베풀어 감동을 자아내는 예술의 경지까지 서로의 관계를 끌어올리라는 주문을 했던 것이다.

삼성전자는 이미 협력업체들에게 실질적인 도움을 주기 위해 10여 명으로 구성된 '협력업체 선진화팀'을 만들어서 협력업체에 부족한 기술과 금융 지원 등을 하고 있다. 또한 '협력회사 지원센터'를 만들어서 경영자 양성을 지원하고, 삼성전자가 가진 경쟁력과 접목시키는 지원

활동을 펴 나가고 있다.

　삼성의 이러한 상생의 실천은 협력회사들도 삼성과 더불어 초일류로 도약할 수 있게 한다는 이건희 회장의 구상을 실천하기 시작한 것이라 할 수 있다. 실례로 협력업체들은 최근 제조업계의 화두로 떠오르고 있는 친환경 경영과 관련한 기술을 확보하는 데 어려움을 겪었지만 삼성 전자의 지원을 받게 됨으로써 국제 경쟁력을 확보하게 되었다.

| 녹색경영

　20세기 산업화 사회가 전 세계로 번져 나가자 지구는 환경오염이라는 복병을 만나 몸살을 앓기 시작했다. 인간의 무분별한 개발로 지구는 상처투성이가 되어 갔고, 지구 온난화로 비롯된 기상이변, 각종 생태계 파괴는 인류의 생존마저 위협하는 수준에 이르렀다. 그럼에도 불구하고 많은 국가와 기업들은 눈앞에 보이는 이익을 위해 환경파괴적인 행위를 서슴없이 벌이고 있는 것이 또한 지구적 현실이다.

　그나마 다행인 것은 21세기 들어 지식정보화 사회가 정착하게 됨에 따라 전 세계적 네트워크를 구축하게 된 소비자단체 등 NGO들의 파워가 소비자들의 의식을 바꾸어 놓고 있고, 그로 인해 기업들이 소비자들의 요구에 따라 움직이지 않을 수 없게 되어 가고 있다는 점이다.

　소비자들은 자신들이 사용하는 제품이 자신을 만족시키는 것은 물론 자연보존적·친환경적인 제품이기를 원하게 되었고, 기업의 비윤리적 활동에 대해도 민감한 반응을 나타내고 있다. 소비자단체들은 막강한 파워를 가지고 기업의 사회적 책임을 감시하는 수준에 이르렀으며, 소비자들에게 윤리적 기업의 브랜드를 선택하도록 구매 결정을 유도하고 있다.

1999년 유럽인들을 대상으로 실시한 한 설문조사 결과 86%가 사회공헌에 참여한 기업의 제품을 구매할 것이라는 윤리적 소비의식을 가지고 있는 것으로 나타났다. 이런 가운데 우리나라의 수출품 가운데 70% 가량은 유럽연합의 환경규제 대상에 속하는 등 환경을 무시한 제품은 지구촌에서 설 땅을 잃어 가고 있다. 국내에서도 이미 '녹색상품구매네트워크'라는 민간단체가 결성되어 기업이 환경친화적 제품을 개발하도록 자극하고 있다.

삼성은 이에 발맞추어 그룹 차원에서 1996년 '삼성지구환경연구소'를 개설하고 '녹색경영 선언'을 제창했다. 삼성은 그룹 운용을 녹색경영 선언을 중심으로 펼쳐 나가면서 각 계열사별 환경경영 정착을 추진하고 있다.

이건희 회장은 평소 늘 이렇게 말한다.

"21세기에는 모두에게 이익이 되는 기업, 공해 없는 기업, 해가 되지 않는 기업이 되어야만 살아남을 수 있다."

삼성전자는 CEO가 직접 나서서 회사의 환경안전 정책·전략을 수립하고 결정하는 '환경안전경영위원회'를 운영하고 있다. 환경안전경영위원회는 제품의 연구개발 분야, 사업장 관리, 친환경기술 분야를 담당하는 에코디자인, 에코프로덕트, 청정생산, 리드 프리 솔더링, 에코디바이스 등 5개의 전문분과위원회를 두고 국내외 사업장과 연계해 환경안전 경영 활동을 추진하고 있다.

삼성전자는 이를 통해서 제품의 설계, 생산, 사용, 폐기의 전 과정을 고려해 환경 측면을 개선하기 위한 노력을 기울이고 있다. 즉 자원절약, 에너지절약, 환경친화 소재 사용 측면을 중심으로 환경친화적이며 신뢰를 줄 수 있는 환경친화 제품 개발을 위해 지속적으로 노력하고 있다.

삼성은 녹색경영으로 사업장의 녹색화, 공정의 녹색화, 제품의 녹색화, 지역사회의 녹색화를 통해 경영의 녹색화를 추구하는 시스템을 갖추었으며, 소비자가 만족하는 환경친화 제품 및 서비스를 개발하고 있다.

삼성전자는 2002년부터 카드뮴·납·수은·6가크롬 함유 물질, 브롬계 난연제 물질 2종 등 6대 환경유해 물질이 함유되지 않은 제품생산 및 원부자재 수급체제를 구축했으며, 229개 협력업체를 대상으로 친환경 협력업체에게 주어지는 에코파트너 인증을 완료했다.

삼성전자의 이와 같은 친환경경영은 2006년 7월부터 유럽연합이 6대 환경 유해 물질이 함유된 제품의 수입을 전면적으로 금지할 방침을 세운 데 대해 대응하기 위한 것이다. 또한 최근 세계적으로 환경유해 물질이 없는 환경친화 제품에 대한 관심이 높아지는 것에 대응하는 전략이기도 하다.

2003년 8월 삼성전자는 세계 최초로 납, 카드뮴, 6가크롬, 할로겐 난
연재가 포함되지 않은 환경친화적 하드디스크 드라이브를 출시하여 업
계의 격찬을 받았다. 이 제품은 경쟁사 제품 대비 약 10% 프리미엄을
받고 판매에 들어갔다. 삼성은 글로벌 스탠다드를 위하여 환경경영을
이끌어 나갈 것이며, 계속해서 환경친화형 프리미엄 제품의 생산을 확
대할 방침이다. 현재 삼성에는 1,000명 이상의 환경전문가들이 일하고
있다.

☞ 미래전략 사례

| 삼성의 외국인 인재팀 '미래전략그룹'

서울 중구 태평로 삼성그룹 본관 옆 건물 18층.

그곳에는 하버드, 와튼, 인시아드 등 세계 톱10 MBA 출신의 외국인 인재들이 25명 정도 모여서 일하는 특별한 부서가 있다. 그곳이 바로 1997년 7월, 이건희 회장의 특별지시로 설립되어 삼성의 '글로벌 싱크 탱크'로 알려진 '미래전략그룹'이다.

미래전략그룹에 속한 사람들은 외국 기업에서도 5년 이상 근무한 20대 후반에서 30대 중반의 인재들이다. 이는 세계 어느 기업에서도 볼 수 없는 삼성만의 독특한 조직이다.

이곳에서 근무하는 외국인 인재들은 글로벌 초일류 기업을 구현하기 위해 외국 현지에서 삼성 임원들이 직접 채용한 인력들로, 계약 기간 2년 동안 그룹 경영 전반에 대한 컨설팅을 포함해 싱크탱크 역할을 맡는다. 이들은 2년간의 근무 기간 동안 공장에 파견, 현장 체험을 하기도 하는 등 다양한 분야의 일을 맡아서 한다.

초창기에는 2년간의 계약기간이 지나면 곧바로 돌아가는 경우가 40% 였는데, 2000년 들어서 그것이 20%로 줄었고, 2003년 이후는 아예 돌아가는 사람이 없다고 한다. 미래전략그룹에 있는 외국인 인력들은 대개가 미국인이지만 점차 프랑스, 영국, 벨기에, 중국 등 출신 국적이 다양해지고 있다.

삼성은 미래전략그룹을 제대로 육성하기 위해 처음부터 엄청난 노력을 기울였다. 한 해에 6,000명에 달하는 세계 10대 MBA 졸업자들의 이력서를 일일이 검토한 뒤, 그중 우수한 200여 명에게 안내장을 보낸다. 2000년만 해도 하버드에서 기업설명회를 하면 10~15명이 참석하는 데 그쳤지만, 근래 들어 삼성의 브랜드 가치가 올라가고 특히 기업 총수가 해외 인재의 발굴에 적극적으로 나서는 것이 알려지면서 기업설명회를 따로 열 필요가 없어졌다고 한다. 그들 중에는 아예 삼성의 노트북이나 휴대폰을 들고 와 미국이나 유럽 시장을 비교 분석한 아이디어를 내놓는 사람들까지 있을 정도이다.

미래전략그룹은 신규사업 개발에서부터 마케팅 전략 수립에 이르기까지 매우 다양하고 실무적인 일을 하므로 각 계열사들로부터 컨설팅 의뢰가 끊이지를 않는다. 17명의 한국인 스태프들이 이들과 함께 근무하고 있는데 영어만 사용하므로 하루 종일 근무하다 보면 여기가 한국이란 사실을 잊어버릴 정도라고 한다.

현재 삼성의 외국인 임원 1호로 근무하고 있는 데이비드 스틸 상무는 다음과 같은 이유에서 삼성에서 일하게 되었다고 말한다.

"통신장비 회사 글로벌스타와 액센추어에서 일하면서 늘 휴대폰에 관심이 많았어요. 직접 제가 쓰던 삼성 애니콜 휴대폰을 들고 가서 일해 보고 싶다고 말했죠."

이건희 회장은 미래전략그룹을 발족할 당시 이런 말을 했다.

"급변하는 글로벌 사업 환경에 적응하려면 신선한 감각과 우수한 역량을 갖춘 외국인이 절대적으로 필요하다. 우수 외국 인력들을 2~3년간 핵심 포스트에 근무시켜 그룹의 사업문화를 전수한 뒤 해외사업을 책임질 국제관리자로 육성해야 한다."

제8장
후계체제의 문제

삼성의 지배 구조는 삼성 패밀리가 소유경영자로 참여하면서도
계열사 전문경영인들의 역할에 많은 비중을 두는 소유와 경영이 병존하는 구조를 갖추고 있다.
이제 머지않은 장래에 삼성은 3대 회장 체제에 돌입하게 될 것인데
그때에도 창업주의 3세인 이재용 체제가 들어선다면 삼성 패밀리의 위상은
국내 제일 기업군을 이루며 여전히 막강하다는 것을 보여주는 것이 될 것이다.
실제로 삼성은 이미 이재용 체제를 맞이할 준비가 끝나 있는 상태로 알려져 있다.
다만 변칙증여와 이에 따른 탈세 등을 문제 삼는 참여연대와 같은 시민단체들의 반대운동과
한국에서만 특이하게 일고 있는 반기업의 벽을 넘어서는 것이
후계자 이재용의 몫이라고 할 수 있겠다.

What makes SAMSUNG one of the world' s leading compenies?

1. 이재용 체제로
갈 것인가?

|3세 경영으로의 후계체제는 가능할까?

이건희 회장은 3남으로서 삼성호의 선장이 되었다. 그는 '황태자수업'이라고 불리는 강도 높은 경영훈련을 받은 사람답게 삼성을 지켜 냈고, 크게 성장시켰다.

몇 해 전 이 회장의 암 투병 사실이 알려지면서 삼성 내부는 물론 세간에서도 3대 회장 체제에 대해 많은 관심을 보였다. 3대 회장으로 거론된 사람은 당연히 이 회장의 외아들 이재용이었다. 이 상무는 2007년 전무로 승진하면서 고객담당최고책임자 라는 새로운 역할을 맡음으로써 변칙증여와 이에 따른 탈세 등을 문제 삼는 참여연대와 같은 시민단체들의 반대운동에도 불구하고 삼성호의 다음 선장이 될 것으로 보인다.

삼성은 그동안 이재용 전무를 후계자로 만들기 위해 다양하고 철저한 경영자수업을 시켰고, 법적으로도 후계자로 만들기 위한 모든 준비를 끝낸 것으로 보인다. 현재 이재용 전무는 설사 이건희 회장이 경영권을 물려주지 않겠다고 결정하더라도 이에 상관없이 삼성 계열사들을 지배할 수 있는 소유권을 가지고 있다.

이 상무는 그룹 지주회사 격인 삼성에버랜드의 지분을 25.1% 가지고 있는 최대주주이고, 삼성SDS 10.1%, 삼성투신운용 7.72%, 삼성전자 9% 등의 지분도 가지고 있다. 이 상무가 가장 많은 지분을 가지고 있는 삼성에버랜드는 삼성생명의 지분을 19.34% 가지고 있는데, 삼성생명은 삼성전자 6.98%, 삼성물산 4.7%, 삼성화재 9.9%, 삼성증권 5.5%, 삼성투신운용 45.4%의 지분을 가지고 있다. 삼성그룹의 지배구조에 가장 큰 영향력을 미치는 또 하나의 지주회사인 것이다.

이렇게 소유구조의 정점에 서 있으므로 이 전무의 '대권' 승계작업은 이미 마무리 단계에 있다는 것이 재계의 시각이다. 아주 특별한 돌출변수가 작용하지 않는 한 후계자 문제는 일단락이 지어졌다고 보아야 할 것이다.

이재용 전무는 서울대 동양사학과를 나온 후 일본 게이오대 석사, 미국 하버드대 박사과정을 거쳤다. 그 후 삼성에 입사해 2001년 33세에 상무보로 처음 임원이 된 뒤, 2년 만인 2003년 초 상무로 승진했고 2007년 전무로 승진했다.

이재용 상무의 경영참여가 본격적으로 가시화된 것은 2001년 초반부터였다. 그때부터 이 전무는 상상을 초월할 정도로 치밀하고 조직적으로 치러지는, 이른바 '제왕학'이라고 불리는 경영자수업 코스를 거친 것으로 알려져 있다.

특히 이 전무는 2002년 까다롭기로 유명한 미국 GE그룹의 크로톤빌 연수원에서 실시하는 최고경영자 양성 과정EDC : Executive Development Course의 연수를 받음으로써 국제적으로 공인된 최고의 경영자수업을 받은 후계자가 되었다. 이 전무가 이 연수에 참가할 수 있었던 것은 당시 GE그룹 회장으로 선임된 제프리 이멜트 GE 회장이 한국을 방문해 이건희 회장과 한남동 승지원에서 만났을 때 특별히 초청한 덕분이었다.

이 전무는 연수에 참가하기 위해 철저한 준비를 했고, 이 연수를 통해 글로벌 비즈니스 리더가 되고 최고경영자가 되는 법을 배웠다. 이외에도 제프리 이멜트 GE그룹 회장, 니시무로 다이조 도시바 회장, 잭 웰치 전 GE그룹 회장 등 세계적인 기업인과 만났고 주룽지 전 중국 총리, 자크 로게 IOC 위원장, 앨빈 토플러 등과도 만나서 국제경제 · 정치 분야의 리더들과 두터운 교분을 쌓는 경영수업도 받은 것으로 알려져 있다.

그는 상무보 시절 용인 인력개발원에서 다른 임원들과 '똑같이' 먹고 자며 경영수업을 시작한 것으로 유명한데, 그 후에도 2004년 3월 신라호텔에서 열린 신임임원 상견례, 7월 보광휘닉스파크에서 개최된 신입사원수련회에도 참석해 일반직원과의 스킨십을 강화해 나가고 있다. 그는 또 수원, 탕정, 천안 등 삼성전자 지방공장을 돌 때면 직원식당에서 식사를 같이하면서 직원들과의 스킨십에도 주력하고 있다.

이재용 전무는 경영수업만 받는 것이 아니라 최근 들어 실제로 많은 부분에서 경영에 참여하고 있다. 그는 2004년 삼성전자와 소니의 합작 사인 'S-LCD'의 등기이사로 참여하면서 경영일선에 한 걸음 더 다가섰다.

이 전무는 그동안 구미와 탕정 등 국내 공장은 물론 브라질, 헝가리, 슬로바키아, 말레이시아 등 해외 공장을 누비며 현장에서 경영감각을 익혔다. 최근에는 중국의 도시바 노트북 공장, 일본의 도요타자동차 라인 등도 찾아다니며 경영 노하우를 배우는 등 강도 높은 경영자 수업을 진행하고 있다.

이 전무의 이러한 경영수업은 삼성의 경영에 직접적인 영향력을 행사하는 것으로 알려지고 있다. 그 예로 얼마 전 삼성그룹에서는 도요타의 생산방식인 'TPS도요타 생산 시스템'를 배우자는 운동이 있었는데, 이는 이 전무가 도요타에서 TPS 연수를 받으면서 즉시납기Just in Time를 통해 낭비를 최소화시킨 '칸반 시스템' 등 도요타의 생산방식에 크게 감명받고 도요타 벤치마킹을 강화하자는 주장을 폈기 때문이라고 한다.

최근 이건희 회장이 삼성전자를 제외한 삼성 계열사의 등기이사직에서 연달아 물러난 것을 두고 재계에서는 이재용 전무에게 그룹경영권을 넘기기 위한 수순 밟기, 이 전무의 입지를 더 공고히 해 주기 위한 사전 정지작업이라고 보는 시각이 많다. 특히 이 회장이 이재용 전무가 최대주주로 있는 삼성에버랜드 등기이사에서 퇴진함에 따라 필요할 때 이 전무가 그 빈자리를 채우면서 자연스럽게 그룹 경영에 참여하는 모양새를 만들어 갈 것이라는 전망이 나오고 있다.

| 이재용은 누구인가?

이재용 전무는 이건희 회장이 미국 조지워싱턴대 경영대학에 유학하고 있을 무렵인 1968년 6월 23일 미국 워싱턴에서 태어났다. 1984년 서울 청운중학교를 다녔는데 청운중학교는 당시 명문가 자제들이 많이 다니던 곳이었고, 매제인 김재열 제일모직 상무가 그의 청운중학교 동창이다.

중학교를 졸업한 그는 경복고등학교에 진학했고, 학업성적이 우수해서 항상 상위권을 지켰는데, 특히 영어와 수학 성적이 우수했다. 그의 고교 생활기록부에는 '명랑하고 쾌활하며, 매사에 적극적인 성격' 이라고 적혀 있다고 한다.

이 전무가 자랄 때 가장 큰 영향을 끼친 사람은 할아버지 이병철 회장이라고 한다. 이병철 회장은 아들 이건희 회장에게처럼 손자에게도 '내 생각을 말하기 전에 남의 말을 먼저 들으라' 는 당부를 자주 해서 이 전무의 좌우명도 이건희 회장처럼 '경청傾聽' 이라고 한다.

또 이 전무가 서울대 동양사학과로 진학한 데는 이병철 회장의 조언이 크게 작용했다고 한다. 대학 전공을 놓고 고민하고 있을 때 그는 다음과 같이 충고했다.

"경영자가 되기 위해서는 경영이론을 배우는 것도 중요하지만, 인간을 이해하는 폭을 넓히는 것도 중요하다. 이 때문에 교양을 쌓는 학부과정에서는 사학이나 문학과 같은 인문과학을 전공하고, 경영학은 외국 유학을 가서 배우면 좋을 듯하다."

그래서 이 전무는 조부의 조언을 받아들여 서울대 인문대 동양사학과로 진학했다. 그래서 그는 한자와 동양의 역사에 능통하고, 중국과 한국의 고문을 독해할 수 있을 정도의 실력을 갖추게 되었다.

서울대를 졸업한 뒤에는 일본 게이오대 경영대로 진학하게 된다. 그가 미국이 아닌 일본 유학을 결심하게 된 데는 젊은 시절 일본 유학을 하면서 많은 것을 배운 아버지 이건희 회장의 조언이 작용했다.

"우리가 앞으로 배워야 하고 사업을 많이 해야 하는 나라는 일본과 미국이다. 미국을 먼저 보고 나서 일본을 나중에 보면 일본 사회의 특성, 일본 문화의 섬세함과 일본인의 인내성을 알지 못한다. 유학을 가려면 일본에 먼저 가라."

그리하여 이 전무의 외국 유학은 아버지와 유사한 과정으로 진행되었다. 이건희 회장은 와세다대를 나와 미국 조지워싱턴대에서 공부했는데, 이 전무도 일본 게이오대 경영대학원에서 석사과정을 마친 후 미국 하버드대 비즈니스 스쿨에서 박사과정을 밟게 되었던 것이다.

1995년 이 전무는 게이오대 경영대학원에서 '일본 제조업 산업공동화에 대한 고찰'이라는 제목의 논문으로 MBA를 취득했다. 이 논문은 제조업이 엔고 등으로 비용구조가 높아지자 해외진출로 활로를 모색하는 일본 기업들을 연구한 내용이었다.

일본에서 MBA를 취득한 이 전무는 1996년 미국 하버드대 행정학 코스인 케네디 스쿨로 유학을 떠났다가 그 후 경영학을 전공하는 비즈니스 스쿨로 옮겼다. 미국 유학 5년 동안에는 미국 재계의 유명 인사들도 자주 만났고, 뉴욕 월스트리트를 자주 찾아 국제 금융시장에 대한 지식을 쌓는 데 많은 노력을 기울였다.

이 전무는 1998년 6월 자신보다 아홉 살 아래인 대상그룹 임창욱 명예회장의 맏딸 임세령 씨와 결혼했다. 두 사람이 만나게 된 것은 이 전무의 어머니 홍라희 여사와 장모 박현주 여사가 불교도 모임인 '불이회' 멤버로 서로 친하게 지내는 사이였기 때문이다.

지금까지 이재용 전무의 삶은 비교적 순탄하게 이어져 왔고 훌륭한 경영수업도 받아 왔다. 경영수업을 잘 받았다고 해서 반드시 훌륭한 경영자가 되는 것은 아니지만, 훌륭한 교육을 받은 사람은 훌륭한 경영자가 될 수 있다는 것을 이미 아버지 이건희 회장이 보여 주고 있는 셈이다.

｜이재용 전무의 본격적 경영활동 시작

2007년 전무로 승진하면서 CCO(고객담당최고임원)라는 직함을 받은 이재용은 2월 중순부터 북미와 유럽지역으로 출장을 나서며 최고임원으로서의 첫 대외활동에 나섰다. 이 전무의 CCO 역할은 이건희 회장이 직접 챙기기는 어려운 주요 파트너들과 만남을 통해서 '리틀 이건희' 역할을 하는 것으로 알려져 있다. 이 전무는 스페인 바로셀로나에서 열리고 있는 '3GSM 세계회의'에서 주요 바이어들을 만나고, 곧바로 북미지역으로 건너가 CCO로서의 역할을 수행했다. 이미 글로벌 초일류기업으로 커진 삼성은 경영 후계자가 중대한 계약과 미팅의 현장에 직접 참가함으로서 해외 기업들과의 신뢰도와 파트너십을 높이겠다는 전략적 판단에서다. 실제로 삼성전자는 여러 해외 기업들로부터 이재용 전무가 동석하는 기업 대 기업의 만남을 요구 받아온 것으로 알려지고 있다.

앞으로 삼성은 소니, 마쓰시타, GE 등 초대형 외국기업들은 이건희 회장이 직접 관장하고, 그 이외의 주요 거래선 수뇌부를 만날 때는 이 전무가 참석하게 될 것이라는 전망이다. 이 전무는 경영기획실 상무 시절부터 국내 사업장뿐 아니라 해외 사업장을 돌면서 주요 거래선과의 만남을 가져왔는데 이제부터는 본격적인 경영 수업차원에서 온 CCO자격으로 주요 바이어를 만나 이건희 회장 후계자로서 한 걸음 더 다가선다는데 의미가 있다고 할 것이다. CCO의 자리는 소니 · 델 · 애플 · IBM · 노키아 · 퀄컴 · 타임워너 등 주요 글로벌 기업 CEO를 만나 네트워크를 확대할 수 있는 것은 물론 삼성그룹 내에서 후계자로서의 입지도 공고히 할 수 있는 자리다. 이제 '삼성의 후계자 이재용'은 경영기획실 상무로서 6년 이상 명목상의 '기획' 업무를 맡던 것과는 비교할 수 없는 '실권'을 가진 CCO자리를 차지함으로서 글로벌 거래선과 제휴와 협력, 합작, 조정 등 업무를 총괄하게 되었다.

인텔 · 시스코 · HP 등은 외국 글로벌 기업은 이미 CCO 제도를 도입했는데 CCO를 거친 유명한 경영자는 GE의 제프리 이멜트 회장이다. 이재용 전무는 '세계적인 인재 사관학교'로 유명한 '크로톤빌연수원'에서 2002년 '최고경영자 양성 과정'을 수료하면서 이멜트형 리더십을 체계적으로 배운 탓에 CCO라는 직책을 제대로 수행하고 있다는 평가를 받고 있다.

이재용 전무를 가까이에서 보좌하는 삼성의 한 관계자는 "삼성은 지도자 운을 타고 났다"는 말을 한다. 최고 재벌가의 외아들이지만 예의 바르고, 남의 의견을 많이 새겨듣는 자세를 가진 리더로서 자질을 갖추고 있다는 평가다.

2. 앞으로의 문제점

| 지배구조의 문제

최근 삼성은 주력 계열사들에 대한 외국자본의 투자 비율이 50%를 넘어섰고, 새로 개정된 공정거래법에 따라 지배구조 문제가 불거져 상당한 고민거리를 안고 있다. 외국자본의 투자비율이 많다는 문제는 적대적 M&A에 휘말릴 경우 경영권 방어가 쉽지 않을 수도 있다는 문제를 야기시키고 있고, 공정거래법상 제약을 받고 있는 지배구조의 문제는 '순환출자방식'으로 운영하고 있는 삼성의 지배구조를 바꾸어야 한다는 근본적인 문제를 제기하고 있다.

외국자본에 의한 적대적 M&A에 대해서는 앞에서 살펴본 바와 같고, 지배구조 문제는 그에 못지않게 삼성 경영진들에게도 중차대한 문제를 일으킬 소지가 있다.

이재용 상무는 삼성그룹 지배구조의 핵심역할을 하는 삼성에버랜드의 지분을 25.1% 보유한 최대주주다. 삼성의 지배구조를 들여다보면 자산 100조 원에 달하는 삼성생명 지분의 19.4%를 보유하고 있는 에버랜드를 가진 사람이 곧 그룹 전체를 통제하는 힘을 가지게 되어 있다는 것을 알 수 있다. 삼성생명은 삼성전자 6.98%, 삼성물산 4.7%, 삼성화재 9.9%, 삼성증권 5.5%, 삼성투신운용 45.4%의 지분을 보유하고 있어 삼성그룹의 지배구조에서 가장 큰 영향력을 가진 또 하나의 지주회사이기 때문이다. 쉽게 말해서 삼성의 지배구조는 에버랜드가 삼성생명을 대주주로 지배하고, 삼성생명은 다시 전자 및 삼성물산을 통해 나머지 계열사를 지배하는 형태로 이뤄지고 있다. 이것은 삼성의 미래가 확실히 이재용 상무에게 있음을 알 수 있는 대목이기도 하다.

그런데 문제는 삼성에버랜드의 지분평가액이 지나치게 높다는 데 있다. 현행 금융지주회사법상 금융자회사의 지분평가액이 총자산의 50%를 넘게 되면 해당 회사는 자동적으로 금융지주회사로 편입하게 되어 있다. 그런데 금융지주회사가 되면 규정상 그 회사는 회사가 지닌 비금융자회사의 지분을 모두 팔아야 하는데, 2004년 회계연도 가결산 결과 에버랜드가 보유 중인 금융자회사 지분의 평가액은 총자산의 49%대인 것으로 나타났다.

2004년 연말 삼성전자의 주식은 45만 원대였지만 최근 삼성전자의 주가는 60만 원대를 오락가락하고 있다. 국내 기업 주가 저평가에 대한 비판이 일고 있긴 하지만 삼성의 경우는 또 다른 고민을 안고 있는 셈이기도 하다. 주가가 많이 올라도 고민이라는 이야기다. 한미 FTA의 타결로 한국 증시는 탄력을 받고 있다. 이 주가가 그대로 갈 경우 삼성 생명의 자산평가가 에버랜드 총자산의 50%를 넘길 가능성이 커진다. 그래서 연일 오르는 주가가 삼성에 고민을 안겨 주고 있다. 삼성전자의 주가가 올라갈수록 삼성에버랜드의 금융지주사 편입 논란이 재연될 여지가 커지기 때문이다. 삼성전자의 주가가 오르면 삼성전자 지분의 6.98%를 보유한 삼성생명의 평가가 높아지게 되고, 이럴 경우 삼성생명의 지분 19.34%를 보유한 에버랜드의 금융자회사 지분평가액이 총자산의 50%를 넘을 가능성이 커진다.

에버랜드가 지주회사가 되면 문제는 복잡해진다. 이건희 회장 일가는 그들이 보유한 에버랜드 지분을 통해 사실상 그룹을 지배하고 있다. 에버랜드가 삼성생명을, 삼성생명이 다시 카드·전자·물산 등 주요 계열사를, 또 카드가 에버랜드를 지배하는 이른바 순환출자 방식인 것이다.

에버랜드가 지주사로 지정되면 삼성생명의 지분을 처분해야 하고, 그렇게 되면 삼성의 지배구조는 뿌리째 흔들리게 된다. 삼성이 '묘안'을 찾아내기 어려운 것도 이러한 근간을 흔들기 어렵기 때문이다. 에버랜드가 지주사 요건을 확실히 벗어나려면 보유하고 있는 삼성생명의 지분을 처분하거나 에버랜드의 자산을 늘리는 방법밖에 없지만, 에버랜드의 자산을 늘리기 위해 증자를 하는 것도 현실적으로는 어렵다.

그러나 최근 삼성은 공정거래위의 규제에 대비해 삼성에버랜드의 금융지주회사 설립인가를 신청하기로 한 것으로 알려졌다. 금융지주회사는 금융업 외에 다른 사업에 진출할 수 없기 때문에 삼성에버랜드가 지주회사로 인가를 받게 되면 삼성그룹의 지배구조에 큰 변화가 있을 것으로 전망된다. 예정대로 이재용 상무에게 삼성 3대 회장의 차기대권을 이양하려면 삼성은 지배구조에 대한 색다른 해법을 제시해야만 할 것이다.

| 무노조경영이 앞으로도 가능할까?

삼성은 창업 이래 70년에 가까운 역사를 가지고 있지만 한 번도 노조가 없었다. 삼성 지도부가 말하는 이유는 이렇다.

"삼성에 노조가 없는 이유는 간단하다. 삼성은 노조가 있는 회사보다 더 잘해 주기 때문이다. 업계 최고수준의 임금을 주고 있고, 자녀학자금을 비롯한 각종 후생복지 역시 업계 최고를 보증한다."

삼성은 이런 파격적인 대우를 통해 철저히 '삼성식 노동자'를 만들어 냈다.

한국 사회에서 삼성의 무노조경영을 바라보는 시각은 크게 두 가지로 나누어져 있다.

능률과 경제운용의 묘를 중요시하는 경제인이나 경제 컨설턴트들은

"노조가 없기 때문에 의사결정이 빠르고 신속한 정책실행이 가능하다" 며 "이런 무노조원칙이 인재중시 경영과 삼성문화, 오너의 리더십과 맞물려 삼성의 경쟁력을 만들어 낸다"고 평가하고 있다.

반면 삼성의 무노조경영을 비판하는 노동운동가, 시민단체 등은 노조를 만들려고 하는 노동자들에 대한 회유와 협박으로 이루어진 독불장군식의 경영이라고 평가한다. 그들은 삼성재벌의 무노조경영은 결코 자랑거리가 아니라 독점재벌의 횡포일 뿐이라고 폄하한다.

오랫동안 노동쟁의 문제를 전담했던 노동부 관계자는 삼성의 '무노조 신화'에 대해 긍정적으로 평가하면서 이렇게 말했다.

"삼성식 노조정책이 LG보다는 '비용'이 더 많이 들 수 있다는 점은 인정하지만, 사회전체로 보면 '무노조 신화'를 이어 가는 삼성과 노조가 있는 다른 그룹이 선의의 경쟁을 하는 셈이 되기 때문에 긍정적 역할을 한다."

삼성은 무노조 신화를 유지하기 위해서 경쟁사보다 더 많은 임금을 보장하고 있고, 대부분의 삼성맨들이 그에 만족하는 경향을 보이고 있어서 당분간 무노조 신화는 이어질 것으로 보인다.

그런데 2004년 12월 14일 이용득 한국노총 위원장이 삼성경제연구소 초청 강연회에서 복수노조가 허용되는 2007년이 되면 삼성에도 노동조합이 생길 것이라고 밝혀 삼성가 안팎에서 새로운 논란을 불러일으키고 있다.

이 위원장은 삼성의 무노조경영에 대해 이렇게 자신의 의견을 피력했다.

"지금은 복수노조가 허용되지 않아 노동자들이 노동조합을 만들려고 하면 회사가 미리 페이퍼노조를 만들어 시간을 끌며 와해시킬 수 있지만, 복수노조가 허용되면 여기저기서 노조를 만들 수 있기 때문에 막을 수가 없을 것이다. 이때는 한국노총도 적극적으로 노조설립을 추진할 것이다. 사용자들이 노동조합을 적대시하고 탄압하기 때문에 대립과 갈등의 노사관계가 만들어진다. 협력적인 노사관계를 구축하기 위해서는 노사 간 신뢰형성이 무엇보다 중요하다. 이를 위해서는 기업경영이 투명해지고 노동조합의 경영참여가 보장되어야 한다."

이 강연회에는 삼성경제연구소 연구원과 삼성구조조정본부 임원 등 30여 명이 참석했는데, 앞으로 복수노조가 허용되는 시점에서 그들이 어떤 대안을 낼지는 두고 볼 일이다.

ㅣ삼성 웨이를 계속 구가할 수 있을까?

일본 최고의 기업 도요타에는 '도요타 웨이TOYOTA Way' 라는 것이 있다. 2001년에 도요타가 발표한 책자 『도요타 웨이』는 도요타 경영이념의 양대 축을 '지혜와 개선', '인간성존중' 으로 요약하고 있다.

도요타는 전후 노동쟁의와 도산위기를 겪으면서 구미업체들과 경쟁하기 위해서는 인적자원의 역량을 최대한 이끌어 낼 수밖에 없다는 결론을 내렸으며, 이것이 개선의 원점이 되었다. 도요타는 직원들의 제안을 경영에 적극적으로 반영함으로써 기업을 젊게 하고 융통성이 큰 조직으로 변신시켜 왔다. 2004년 경제전문잡지 〈비즈니스위크〉의 발표에 따르면, 도요타는 이러한 도요타 웨이를 발판으로 삼아 브랜드 가치 226억 달러로 세계 9위의 기업으로 성장했다.

단일기업 도요타의 매출은 국가경제규모GDP로서 그리스 다음가는 세계 28위에 해당한다고 한다. 그런데 그런 도요타에서 요즘 '삼성을 배우자'는 움직임이 일고 있다. 2000년대 들어 삼성이 비약적인 발전을 거듭하자 도요타식 경영철학을 의미하는 '도요타 웨이'에 이어 '삼성 웨이'라는 말이 생겨났기 때문이다.

삼성 배우기 열풍은 도요타뿐만 아니라 전 세계로 확장되어 나가고 있다. 최근 몇 년간 '도요타 배우기 열풍'에 휩싸였던 전 세계가 빠르게 삼성으로 눈길을 돌리고 있다. 도요타 모토마치 공장을 견학하기 위해 일 년 내내 몰려들던 각국 기업의 발길이 삼성전자 수원 공장에서도 재현되고 있는 것이다.

삼성 배우기 열풍은 중국, 동남아시아는 물론 아프리카 대륙까지 번져 나가고 있다. 2005년 미국의 경제전문주간지 〈포춘〉은 세계에서 가장 존경받는 기업 중 삼성전자를 39위로 선정했는데, 이는 한국 기업으로서 글로벌 100대 기업에 처음 들어선 쾌거이기도 하다. 이로써 삼성전자는 진정한 초일류 글로벌기업으로서의 위상을 보여 주게 되었다.

그러나 국내에서는 고대 사태가 단적으로 보여 주듯이 삼성에 대한 대우가 매우 야박한 실정이다. 이른바 '삼성공화국'에 대한 비판여론이 급속히 형성되어서 '삼성견제론'까지 등장하고 있는 것이다.

이에 대해서 한 칼럼리스트는 이렇게 쓰고 있다.

〈우리 사회는 '일등'을 칭찬하는 데 인색하다. 특히 상대방의 장점과 약점, 공功과 과過를 객관적으로 평가하는 균형감각이 부족하다. 장점과 공은 외면하고, 약점과 허물만 부풀려서 편 가르고 매도하는 분위기가 분명히 있다. 반대를 위한 반대를 업으로 하는 '직업 안티Anti꾼'들이 우리처럼 목소리를 높이는 나라도 드물 것이다.

이번 고려대학교 사건도 그런 연장선상에서 볼 수 있다. 한국의 지성들이 모였다는 대학에서 말도 안 되는 돌출행동이 되풀이되는 배경에는 우리 사회에 존재하는 '일등 끌어내리기'의 뒤틀린 정서가 깔려 있다. 사실 우리 사회에서 '삼성 배우기'가 가장 절실한 부문은 대학 아닌가. 창립 100주년을 맞아 '민족 고대'에서 '글로벌 고대'로 변신을 천명한 대학이라면 더욱 그렇다. 우리 대학들이 정말 세계 속의 대학으로 나아가려면 삼성식 경영을 전문적으로 연구하는 '삼성학과'를 만들어도 부족하다.〉

고대 사태 이후 삼성 수뇌부는 삼성이 진정한 국민기업이 되는 길을 찾는 데 골몰하고 있다. 그동안 삼성이 앞만 보고 질주한 결과 세계적 초일류 기업을 일구어 내고 삼성 신화를 만들어 냈지만, 너무 앞만 보고 질주한 결과 일반 국민과 소외계층에 대한 배려가 부족했다는 점 등에 주목하고 진정한 국민기업이 되는 방안을 암중모색할 것이다.

삼성은 1%의 비판세력도 포용하는 자세를 계속 견지하는 새로운 '삼성 웨이'를 만들어 냄으로써 고속성장의 신화를 이어 나가야 할 것이다.

| 국민경제를 어떻게 선도할 것인가?

삼성은 국가경제의 20%가 넘는 경제규모를 가지고 국민경제에 지대한 역할을 담당하고 있다. 삼성의 매출액은 국가총생산의 17%, 주식시장 시가총액의 23%, 국가수출액의 21.4%, 세수의 8%를 차지하고 있다.

삼성의 이러한 실적은 경제분야에만 영향을 미치는 것이 아니라 정치, 사회, 문화 등 각 분야에서 커다란 반향을 일으키고 있다. 우선 삼성경제연구소 등의 삼성 브레인들은 국민소득 2만 달러, 산업혁신 클러스터, 기업도시 등 정책의제까지 선점하면서 정부 관료의 머리를 완전히 압도했고, 삼성의 정보팀은 정부보다 앞서서 정보를 수집하고 있다. 또한 삼성출신의 장관과 정치인들을 다수 배출하면서 경제뿐만 아니라 정치 분야에서도 삼성의 인맥이 다수를 점하기 시작했다.

삼성의 힘이 이렇게 커지자 일부 사회단체에서 '삼성비판론'을 들고 나왔다. 이 삼성비판론이 가파르게 표출된 것이 최근에 이건희 회장의 명예박사학위 수여식 때 일어난 '고려대 사태'이다. 이 사태 이후 이 회장은 삼성 사장단을 불러 모아 '삼성경계론'에 대한 대응책을 찾는 대책회의를 열었다.

삼성 임원들은 이날 회의에서 "우리 사회의 영향력과 신뢰도에서 삼성이 모두 1위"라며 "도대체 무엇을 잘못했느냐"고 불만을 나타냈다. 또 "삼성은 국가수출의 20%, 세수의 8%, 상장사 매출의 15%와 이익의 25%를 차지한다", "삼성 같은 기업이 4~5개만 더 나오면 국민소득이 당장 3만 달러로 뛸 것이다"라는 의견도 나왔다.

많은 임원들은 일부 비판을 '사회경제적 박탈감'이나 '반기업 정서' 등에 따른 것으로 돌리면서도 '사회분위기가 심상치 않다'는 결론을 내렸다. 이 대책회의에서 삼성 사장단은 이런 결의를 다졌다.

"한국의 대표기업으로 성장한 이상 단 1%의 반대세력이 있더라도 포용해 진정한 국민기업으로 정착할 수 있도록 박차를 가하겠다. 단순히 좋은 기업에서 존경받는 기업으로 도약하기 위해서는 사회경제적 박탈감으로 인한 비판여론을 충분히 고려해야 한다는 판단에 따라 이런 방안을 마련했다."

그러면서 삼성 사장단은 국민에게서 존경받는 '국민기업'이 되기 위해 사회공헌과 커뮤니케이션의 강화 등 세 가지 실천방안을 발표하고, 좀 더 강도 높은 나눔과 상생경영을 통한 윤리경영에 매진할 것을 다짐했다.

삼성의 독주에 대한 우려와 비판의 목소리를 허심탄회하게 듣고 국민들에게 사랑과 존경을 받을 수 있는 방안을 사장들이 직접 논의해 보라는 이건희 회장의 지시에 따라 삼성은 스웨덴 발렌베리 그룹에 대해 집중연구 중인 것으로 알려졌다.

발렌베리 그룹은 에릭슨통신, 사브자동차, 비행기 엔진, ABB엔지니어링, 스카니아트럭, 아스트라제약, 일렉트로룩스가전, SEB금융 등 세계적인 기업을 거느린 스웨덴의 국민기업이다. 고율의 세금과 사회보장부담금으로 사회에 공헌하면서 국가경제 공헌도가 삼성보다 훨씬 크고, '국가 내 국가'로 불리면서도 국민의 사랑을 받고 있다.

발렌베리 그룹은 5대에 걸쳐 오너 경영을 해 온 대표적인 재벌가문이다. 이 가문은 부와 경영을 세습했지만 고율의 소득누진세를 내고, 노조의 경영참여를 수용하며, 불황기에는 적극적인 고용투자에 나서 스웨덴 국민들의 존경을 받아 왔다. 2003년 7월에는 이건희 회장이 발렌베리 그룹을 방문하기도 했다.

'고대 사태' 이후 삼성은 주요 계열사 사장들과 그룹 구조조정본부 팀장들이 참여하는 사장단회의를 2차례나 열어서 정부와 투자자·시민단체 등과의 커뮤니케이션 채널 다양화, 사회공헌 활동과 협력업체·중소기업 지원강화 등의 내용을 담은 '국민기업 정착을 위한 경영전략'을 마련했다고 밝혔다.

이는 삼성의 영향력이 지나치게 커지면서 무소불위의 권력을 휘두른다는 이른바 '삼성공화국'에 대한 비판여론이 급속히 형성되고 있는 데 따른 것이다. 실제로 삼성은 한국경제에서 절대적 비중을 차지하는 것은 물론 정관계와 언론계, 학계 등 사회 각 분야에서 영향력이 나날이 커지고 있다.

삼성이 비판적인 사회분위기를 적극적으로 수용하겠다고 밝힌 것은 일단 여론의 표적에서 벗어나기 위한 의도로 풀이된다. 그러나 단순히

돈 잘 버는 기업에서 국민의 사랑을 받는 기업으로 변신하기 위한 진지한 고민을 이제부터 시작해야 할 것이다.